KB095111

글샘 장편 소설
FUSION FANTASTIC STORY

세상을 다 가져라

GET ALL THE WORLD

세상을 다 가져라 3권

글삶 장편 소설

초판 1쇄 찍은 날 § 2015년 3월 11일
초판 1쇄 펴낸 날 § 2015년 3월 18일

지은이 § 글삶
펴낸이 § 서경석

편집부장 § 권태완
편집책임 § 이창진

펴낸곳 § 도서출판 청어람
등록번호 § 제387-1999-000006호
등록일자 § 1999. 5. 31
어람번호 § 제1-2074호

주소 § 경기도 부천시 원미구 부일로 483번길 40 서경B/D 3F (우) 420-822
전화 § 032-656-4452 팩스 § 032-656-4453
http://www.chungeoram.com
E-mail § chungeorambook@daum.net

ISBN 979-11-04-90151-5 04810
ISBN 979-11-04-90120-1 (세트)

글삶 장편 소설
FUSION FANTASTIC STORY

세상을 다 가져라

GET ALL THE WORLD

3

CONTENTS

제16장
특허 회피 설계

진석과 용운은 그 즉시 혁준이 요구한 제품들의 제작에
들어갔다.

시간은 그리 오래 걸리지 않을 거라고 했다.

"특허 회피 설계라고 해봐야 거의 보고 베끼는 수준인데
요 뭐. 벤처기업들을 기술 지원하면서 나름 노하우도 쌓였
고. 공정에 필요한 설비들도 얼추 갖춰져 있잖아요."

하지만 그럼에도 혁준은 그 시간을 최소화하기 위해 최
대한의 지원을 아끼지 않았다. 필요하다면 제품 공정을 위
한 공장까지도 바로 매입을 해버릴 정도였다.

그러다 보니 하루하루 눈코 뜰 새 없이 바쁘게 지냈다.

오직 자신을 엿 먹인 현도와 한성진에 대한 복수심에 불타올라 그렇게 정신없이 일에만 몰두해 있을 때, 차유경에게서 연락이 왔다.

—전에 말씀하신 변호사 말이에요.

"괜찮은 분 계십니까?"

—내국인이 아니에요. 그래도 괜찮나요?

"그럼 어느 나라 사람입니까?"

—미국이에요.

"미국이면 상관없습니다."

어차피 주로 국제적으로 놀 생각이었다.

일반적으로 국제법이 영미법에 기초한 경우가 많고 주 언어도 영어로 되어 있다 보니 그렇잖아도 미국이나 영국 쪽 변호사가 낫지 않을까 하고 생각하고 있던 참이었다.

—하지만 아무래도 외국인이다 보니 국내에서는 활동에 제약이 있을 거예요.

"법무팀에 실력 있는 국내 변호사도 포함시킬 테니까 그 거야 상관없어요. 문제는 최고의 법무팀을 이끌 만큼 과연 유능하냐는 거죠. 국제법이나 국제분쟁, 국제투자 등과 관련해서도 빠삭해야 할 거구요."

—하버드 법률대학원을 졸업했고 미국 최대 로펌사인 스

캐튼에서 파트너 변호사로 일하고 있을 정도니까 실력 면에서는 믿으셔도 될 거예요. 국제법이나 국제분쟁에 관련해서도 경험이 많고요.

"그런 사람이 왜 우리에게 온답니까?"

─아직 완전히 결정을 내린 건 아니에요. 다만 워낙에 특허 관련해서 그쪽 분야에 관심이 많은 사람이라 혹시나 해서 물었더니 일단은 권 대표님을 만나 뵙고 나서 결정을 하겠답니다. 내일 6시 비행기로 도착할 거예요.

"흠……."

혁준은 고개를 갸웃거렸다.

아무리 특허 쪽 관련해서 관심이 많다고 해도 그렇다. 미국 최대 로펌 회사에서 파트너 변호사로 일하고 있는 사람이 아직 이름도 없는 회사의 스카우트 제의에 선뜻 한국까지 날아온다는 게 이해가 되지 않았다.

"혹시 차 비서님과는……?"

─동문이죠. 룸메이트였어요.

"아……."

그러고 보니 차유경도 하버드 출신이었다.

그런데,

'룸메이트라면… 여자? 아니면…….'

남자일지도 모른다고 생각하니 왠지 기분이 살짝 나빠지

려 했다.

하지만 엄연히 사생활적인 부분이 될 수도 있어서 거기에 대해선 더 묻지 않았다.

다행이라면 다행이랄까, 다음 날 혁준의 사무실로 찾아온 그 미국 변호사는 여자였다. 그것도 금발에 늘씬한 몸매를 가진 아름다운 미녀.

"미스터 권? 제일린이에요. 제일린 화이트. 만나서 반가워요."

거기다 영어 울렁증이 있는 혁준에게는 참 고맙게도 한국말까지 유창했다.

마음이 푹 놓이는 혁준이었다.

혁준은 자신의 앞에 내밀어진 제일린의 손을 맞잡으며 말했다.

"권혁준입니다. 저 또한 제일린 화이트 씨에 대해선 차비서님으로부터 말씀 많이 들었습니다. 일단 앉으시죠."

"그냥 제일린으로 불러주세요."

그렇게 제일린과 마주앉은 혁준은 새삼 감탄하지 않을 수 없었다.

길지도 짧지도 않은 검은색 스커트 사이로 드러나는 라인이며 굴곡이 그야말로 예술이었다.

살면서 이런 금발 미녀를 영화에서 말고 실물을 이렇게

가까이서 볼 기회가 또 어디 있었겠는가?

그저 이렇게 마주해서 보는 것만으로도 마음이 즐겁다.

"그런데 법무팀을 꾸리신다고요?"

"예, 근데 미국에서도 이미 촉망받는 변호사시라던데 여기까진 어떻게 올 생각을 하셨습니까?"

"지난 일 년 크리스탈로부터 미스터 권에 대해서 귀가 따갑도록 들었거든요. 신비한 사람이라고. 그 사람과 같이 있으면 매일같이 기적 같은 일이 일어난다고."

크리스탈이라면 차유경의 미국명이다.

마침 차유경이 차를 내오고 있어서 자연스레 혁준의 눈이 차유경을 향했다.

살짝 얼굴이 붉어지는 듯 보였지만 그것도 잠시 이내 차분한 얼굴로 차를 내려놓고는 그의 뒤에 섰다.

그런 차유경의 모습에 왠지 기분이 유쾌해지는 혁준이다.

"그렇잖아도 미스터 권이 대체 어떤 사람인지 궁금해하고 있었는데 마침 법무팀을 꾸린다며 슬쩍 운을 떼기에 이참에 과연 어떤 사람인지 구경이나 해볼까 싶어서 왔어요."

순간, 뭔가 동물원 원숭이가 된 듯한 기분이 들기도 했지만 이런 미녀가 구경해 준다면 그것도 썩 나쁘지는 않을 것 같다는 생각이 들었다.

"그래서, 직접 보시니 어떻습니까?"

"생각했던 것보단 평범하신데요?"

"하하, 그렇습니까?"

"하지만 사람은 겉모습만 보고는 알 수 없으니까요. 게다가 크리스탈이 누군가를 함부로 칭찬하는 친구도 아니구요."

지그시 건네 오는 파란색 눈동자가 어딘지 차가워 보이면서도 묘한 매력을 풍겼다.

혁준은 잠시 그 눈빛을 즐긴 후 말했다.

"하나만 묻겠습니다. 단지 저를 구경하기 위해 오신 겁니까? 아니면 우리의 제안에 흥미가 있긴 있으신 겁니까?"

"단지 사람 구경이나 하자고 비행기 안에서 24시간을 보낼 만큼 한가하지 않아요. 특허 관련이면 제가 상당히 흥미를 가지고 있는 분야죠. 사실 지금 제가 일하고 있는 스캐든은 한물간 인수합병에만 목을 매고 있어서 재미가 없거든요. 비전도 안 보이고. 이제부터는 기술 특허 전쟁이야말로 법률가들의 가치를 증명해 줄 시대가 될 텐데 말이에요."

"그럼 우리와 일할 의향은 있으시다는 거군요."

"앞으로 여기서 제가 할 일이 얼마나 제 흥미를 끄느냐에 달렸겠죠. 그런데… 미스터 권은 이미 저와 같이 일할 결심을 하신 건가요? 제가 OK만 하면?"

"예, 저는 제일린이 마음에 듭니다."

"왜죠? 제가 스캐든의 파트너 변호사라서요?"

"뭐, 그런 것도 있지만… 무엇보다 제일린을 추천한 차 비서님을 믿으니까요. 차 비서님이 제게 경솔히 사람을 소개하진 않았을 테죠."

제일린이 다시 혁준을 지그시 바라본다.

그 파란 눈동자는 언제 봐도 혁준을 기분 좋게 했다.

"좋네요. 그럼 만일 제가 앞으로 여기서 일하게 된다면 구체적으로 어떤 일을 하게 되는 거죠?"

제일린의 질문에 혁준은 이미 준비해 두었던 서류 뭉치들을 한가득 제일린의 앞에 내밀었다.

"일단 현재 완성된 제품과 특허들입니다. 보시면 아시겠지만 현도그룹의 특허들과 여러 가지로 분란의 여지가 있는 것들입니다. 만일 제일린이 우리 회사에 오게 된다면 가장 먼저 할 일이 현도에서 걸어오는 소송에 대응하는 것이 될 겁니다."

혁준이 내민 서류뭉치들을 한 장 한 장 읽어 내려가는 제일린의 크고 파란 눈이 점점 더 커졌다.

그렇게 얼마간의 시간이 흐른 후, 제일린이 지금까지와는 완전히 달라진 눈으로 혁준을 보았다.

"정말 이게 다 완성이 된 제품이란 말인가요?"

"예, 아직은 일부에 지나지 않지만요. 승산이 있겠습니까?"

"물론이에요. 명백히 기존 특허와는 차별화가 되어 있어서 이 정도라면 99퍼센트 승산이 있어요."

"하지만 여긴 한국입니다. 한국에서 현도의 영향력은 제일린이 상상하는 것보다 훨씬 더 강력합니다."

"현도그룹이 아무리 한국에서 강력한 영향력을 가지고 있다고 해도 한국에 대한 미국의 영향력에 비할 바는 아니겠죠. 일차적으로 이 제품들에 대해 한국에서 특허출원을 하는 동시에 미국에서도 특허출원을 하고 그걸 관리하는 법인을 미국 내에 만들면 아무리 현도가 영향력이 크다고 해도 한국에선 결코 말도 안 되는 판결을 내리진 못할 거예요. 거기다 NPEs, 즉 미국의 지식재산관리회사에 이 특허권을 맡기면 보다 안전할 테고요."

"NPEs라면 특허전문회사 말입니까?"

2000년대에 들어서 흔히 특허괴물회사라고 불리는 곳이다.

"예, 그쪽 분야에선 현재 IV사가 가장 믿을 수 있는 곳이죠."

"차라리 그럴 게 아니라 이참에 제일린이 NPEs를 차리는 건 어떻겠습니까?"

"예?"

제일린이 혁준의 예상치 못한 제안에 황당하다는 얼굴을 한다.

그러다 말도 안 된다는 듯 말했다.

"NPEs를 차리는 건 일개 법무팀을 꾸리는 거랑은 차원이 달라요. 변호인단의 규모부터 특허 분쟁에 특화된 변호사들을 인선해야 하고 물론 그걸 유지하기 위한 돈도 어마어마하게 들 테죠. NPEs를 차린다는 건 그야말로 꽤 내실 있는 로펌 하나를 새로 차리는 것과 같아요. 세계 어느 회사도 로펌 하나를 통째로 사설 법무팀으로 두고 있는 곳은 없어요."

"그럼 세계 최초로 사설 로펌을 가져 보죠 뭐."

"……."

혁준을 보는 제일린의 눈빛은 마치 '지금 농담을 하고 있는 건가?' 하는 눈빛이었다.

하지만, 농담처럼 툭 던지듯 말은 했어도 그 얼굴은 절대로 농담이나 하고 있는 얼굴이 아니었다.

"제일린. 세계 유수의 기업들이 사설 로펌을 법무팀으로 두고 있지 않은 건 그게 효율적이지 않아서겠죠? 그만한 변호인단을 다 데리고 있을 필요가 없으니까. 어떤 회사도 로펌 하나가 통째로 매달려야 할 만큼 법적 분쟁이 그렇게 많이 일어나진 않을 테니까. 하지만 말이에요, 우리 기가스는 다를 겁니다. 아까 말씀드렸죠? 지금 보여드린 제품들이 일부분에 지나지 않는다고. 정정하자면 '극히' 일부분입니다. 앞으로 우리 기가스에서 출원하는 특허는, 그 수는 NPEs 하나가 통째로 매달려서 관리해도 모자랄 만큼 많아질 거예요."

"……."

"물론 제일린이 말씀하신 것처럼 IV 같은 기존의 NPEs사에 맡겨도 되겠죠. 아니, 오히려 그게 속은 더 편할 겁니다. 하지만 말씀드렸다시피 앞으로 기가스에서 출원하는 특허는 엄청나게 많아질 거예요. 장담하는데 앞으로 말입니다, 전 세계적으로 특허로서 효용 가치가 높은 상위 10퍼센트 중에 절반 이상이 우리 기가스에서 출원하는 특허가 될 겁니다. 당연히 거기에 따른 소송이나 법적 분쟁도 엄청나게 많아질 거구요. 그렇다면 굳이 기존의 NPEs사에 맡길 게 아니라 자체적으로 NPEs사를 차려서 관리하는 게 금전적으로나 관리 측면에서나 몇 배 몇십 배 더 효율적이고 이득이 되지 않겠습니까?"

혁준의 말에 제일린은 물론이고 옆에 서 있던 차유경마저도 놀란 눈을 했다.

"어떻습니까? 혹시 제 역량이 과연 그만한 역량이 되는지 의심스러우시다면……."

"그전에 제 역량부터가 과연 NPEs를 꾸릴 만큼이 되는지가 더 의심스럽네요."

"안 되십니까?"

"……."

혁준의 직접적인 질문에 제일린이 잠시 입을 닫았다.

그러다 이내 결심이 선 듯한 눈빛을 하고 혁준에게 물었다.

"만일 제가 미스터 권과 같이 일을 하게 된다면, 변호인단 인선에 대해서는 전적으로 제게 일임해 주세요."

"인선에 관한 것뿐만 아니라 NPEs에 관한 모든 것을 전적으로 제일린에게 맡기겠습니다. 어차피 제가 관여하고 싶어도 관여할 수 있는 분야가 아니니까요. 저는 그저 금전적인 지원만 해드리겠습니다. 그게 얼마가 되었든 말입니다. 대신 최고여야 합니다. 제일린은 그것만 제게 약속해 주시면 됩니다."

*   *   *

제일린은 긍정적인 대답을 약속하며 혁준의 사무실을 떠

났다.

곧장 미국으로 갈 거라 했다. 아무래도 준비할 것이 많을 것이란 생각에 넉넉하게 시간을 주었다.

제일린이 사무실을 떠나자 그동안 잠자코 있던 차유경이 혁준에게 물었다.

"기가스에서 출원하는 특허 수가 앞으로 엄청나게 많아질 거라는 건 무슨 말씀이시죠? 특허로서 효용 가치가 높은 상위 10퍼센트 중에 절반 이상을 차지하게 될 거라는 건요? 기가스가 지금까지 해온 사업은 어디까지나 벤처기업의 지원이었잖아요? 자체적인 기술 개발이 아니라……."

"이참에 사업 방향을 바꾸려고요."

"사업 방향을 바꾸다니요?"

"지금까지 해온 사업이란 게 어디까지나 사람을 믿고 시작한 사업이잖아요?"

"아무래도……."

"내가 도와준 사람들이 성공하는 모습을 보는 게 즐겁기도 했고 일종의 성취감도 느꼈었고 보람도 있었고… 근데 이번 일을 겪고 보니까 그게 다 부질없단 생각이 드네요. 괜히 골치만 아프고. 그래서 벤처기업에 대한 투자나 지원은 이제 그만둘 겁니다. 대신."

"대신?"

잠시 말을 멈추고 뜸을 들인 혁준이 강조하듯 말했다.

"네, 대신 자체 기술 개발에만 주력할 거예요. 차라리 그 편이 훨씬 더 쉽고 간편하고 시간도 단축되니까. 상품 가치가 상위 10퍼센트 안에 드는 특허권을 가지고 세계 굴지의 기업들을 상대로 장사를 하면 그 수익 또한 벤처기업의 지분에 비할 바가 아닐 테고요."

"……."

"그래서 지금 건설 중에 있는 벤처 단지도 싹 다 바꿀 겁니다. 현재 7만 평 규모를 70만 평으로 늘리고 벤처 단지가 아닌, 세계 최고의 연구진들로 이루어진 종합기술연구단지를 만들 겁니다. 그러니까 다시 말하자면, 기가스 테크놀로지는 이제부터 오직 기술 개발에만 특화된 회사로 거듭날 거라는 거죠. 상품 가치 상위 10퍼센트의 특허 중에 절반 이상을 차지하게 될, 세계 최고 최대의 기술력을 가진 그런 회사 말입니다. 물론 그 첫걸음은 현도의 몰락과 함께 시작될 겁니다."

제17장

기가스 컴퍼니
권혁준입니다

그러는 사이 시간은 흘러서 여러 일들이 지나갔다.

먼저 수능 2차 시험이 있었다.

혁준은 전부 3번을 찍고 나왔다.

점수야 참담했지만 어차피 1차에서 만점을 받은 터라 2차 성적은 상관이 없었다.

그런 혁준과는 반대로 1차 때의 실수를 만회해서 2차 때는 반드시 만점을 받고야 말겠다고 절치부심했던 창수는 1차 때보다 높아진 난도에 좌절해야 했다.

그럼에도 187점을 받은 것을 보면 난놈은 난놈인 모양이었다.

그리고 대학 원서 접수 시즌이 되었다.

주위의 관심은 온통 혁준에게 쏠렸다.

당연히 서울대에 가야 하지 않느냐는 의견도 있었고, 수능이야 만점을 받았지만 내신 성적이 그다지 좋지 못한 상태에서 본고사를 잘못 보게 되면 자칫 위험할 수도 있다며 걱정하는 사람도 있었다.

혁준도 고민에 빠졌다.

하지만 그건 주위의 관심들과는 조금 다른 종류의 고민이었다.

어느 대학을 가느냐가 아니라 과연 대학을 가야 하느냐를 두고 갈등하고 있었던 것이다.

"역시 안 되겠지?"

아무리 고민해 봐도 무리였다.

얼마 전까지만 해도 내심 '다시 한 번 캠퍼스 낭만을 만끽해 봐?' 라는 마음이 있었다. 첫사랑과의 재회를 기대하기도 했다.

그러나 지금은 상황이 많이 달라졌다.

지금까지는 그저 가능성 있는 벤처기업을 도와 특허 기술을 보조하는 정도에서 사업을 추진했다면 이젠 특허 기술의 주체로서 판을 아주 제대로 한번 키워볼 생각이었다.

1차 목표는 어디까지나 현도다.

하지만 혁준은 그 이후의 미래도 같이 보고 있었다.

그러자면 한가하게 대학생 놀이나 하고 있을 여유가 없다.

'문제는 아버지를 어떻게 설득하느냐인데……'

수능 만점으로 기대가 커진 것은 비단 학교 선생님들만이 아니다.

아버지 홍석도 내심 혁준의 서울대 입학을 기대하는 눈치였다.

그럴 수밖에 없는 것이, 친인척들은 물론이고 회사 동료들까지, 주위에서 온통 서울대 서울대 떠들어대니 어느 순간부턴 서울대를 못 가면 입시에 실패한 것 같은 분위기까지 조성되어 있었다.

그래서 말 꺼내기가 더 어려웠다.

하지만 더는 미룰 수 없다.

혁준은 주머니에서 뭔가를 꺼내 들었다.

통장이었다.

그 안에는 30억가량의 돈이 들어 있었다.

"이거면 어떻게든 되겠지."

그렇게 중얼거린 혁준이 아버지 홍석을 찾았다.

"아버지, 저 대학은 가지 않겠습니다."

당연하게도 홍석이 어리둥절한 표정을 한다.

옆에서 같이 듣고 있던 수진이도 마찬가지다.

"오빠, 대학을 안 가겠다니? 그게 무슨 말이야? 아니, 왜?"

기대가 컸던 만큼 황당하고 걱정스러운 거야 당연했다.

"저한테 대학은 의미가 없어서요. 하고 싶은 일이 있고 그게 대학과는 상관이 없는 일인데 4년이란 긴 시간을 그런 곳에 낭비하고 싶지 않아요."

"하고 싶은 일이 펀드매니저라 하지 않았느냐?"

"아뇨, 이젠 다른 꿈이 생겼습니다."

"다른 꿈이라니?"

"좀 더 큰일을 해보려고요. 아니, 이미 시작은 했어요."

"……?"

의아해하는 홍석의 앞으로 혁준이 통장을 내밀었다.

"이제 초기 단계라 자세한 것은 말씀을 못 드리지만 그동안 그 일을 하며 제가 번 돈입니다."

물론 그가 번 돈의 극히 일부다.

언젠가는 밝혀야 할 때가 오겠지만 아직은 다 보여주는 게 조심스러웠다.

그래서 아버지를 안심시키고 설득할 수 있는 정도의 액

수로 선택한 게 30억이었다.

물론 30억만으로도 홍석은 기겁한 표정을 하고 있었다.

"이게……."

목소리가 떨려 나온다.

통장을 쥔 홍석의 손은 그보다 더 심하게 떨리고 있었다.

대체 얼마가 들어 있기에 그러냐며 홍석의 어깨너머로 통장의 숫자를 확인하던 수진이도 놀라긴 마찬가지였다.

"이게 얼마야? 일, 십, 백, 천, 만, 십만, 백만, 천만, 억……."

점점 말끝을 흐리더니 이내 귀신이라도 본 것 같은 눈으로 혁준을 본다.

겨우겨우 혼란스러운 정신과 어지러운 마음을 진정시킨 홍석이 물었다.

"대체 무슨 일을 했기에 네가 이런 큰돈을 벌어?"

그 말 속에는 놀람과 의문은 물론이고 불안과 걱정도 있었다.

하지만 이번에도 혁준은 속 시원하게 대답해 주지 않았다.

"일종의 벤처기업이긴 한데, 말씀드렸다시피 아직은 초기 단계라 자세히는 말씀 못 드려요."

회사 이름도 밝힐 수 없다.

기가스라는 이름은 앞으로 대한민국에서 사람들 입에 가장 많이 오르내리게 될 테니까.

"그래도 이거 하나만은 분명히 말씀드릴게요. 나쁜 일을 해서 번 돈도 아니고 불법을 저질러서 번 돈도 아니라는 거. 다른 사람들 눈에 눈물 뽑아서 번 돈도 아니고 다른 사람들 한숨의 대가도 아니라는 거. 그건 앞으로도 그럴 거구요. 그리고 성공할 자신도 있습니다. 그러니까 아버지, 대학 문제는 저한테 믿고 맡겨주세요. 실망시켜 드리지 않을게요."

홍석을 보는 혁준의 눈빛은 굳건했다.

"……."

언젠가부터 달라진 아들이다.

물가에 내놓은 철부지 아이 같던 녀석이 언젠가부터 부쩍 커버린 느낌이었다.

30억이라는 거금이 들어 있는 통장을 보고 있자니 그런 느낌이 더 강하게 와 닿았다.

'품 안의 자식이라더니…….'

이미 자신의 품을 벗어나 힘껏 날갯짓을 하고 있다.

품 안을 벗어난 자식은 보호하고 지키는 것이 아니다.

그저 믿고 지지하는 것이 부모 된 사람이 할 수 있는 전부라는 것을 안다.

그랬다.

그 굳건한 눈을 보며 홍석이 해줄 수 있는 것은 이미 자신보다 더 큰 날갯짓을 하고 있는 아들을 그저 믿고 지지하는 것뿐이었다.

그럼에도 '대학은 나와야 하지 않겠냐' 며 섭섭함을 보인 홍석이지만 계속된 혁준의 설득에 결국 미련을 접었다.

그렇게 혁준은 큰 고민거리 하나를 해결했다.

홍석의 허락을 받고 방을 나오자 수진이가 쪼르르 쫓아왔다.

"우와! 오빠 나 완전 섭섭해. 그렇게 돈을 많이 벌었으면서 어떻게 그동안 식구들을 그렇게 감쪽같이 속일 수가 있었어?"

"속인 게 아니라 그냥 말을 안 한 것뿐이거든?"

"아무튼! 이렇게 예쁘고 귀여운 동생한테 용돈 한 번 안 챙겨주고 말이야. 너무한 거 아냐?"

"어린애가 일찍 돈맛 들여서 좋을 게 없으니까."

"흥! 오빠랑 고작 두 살 차이거든?"

"전에도 말했지만 난 니가 생각하는 것보다 훨씬 어른이야. 적어도 정신연령만큼은. 그리고 다른 건 몰라도 너 시집갈 땐 진짜 으리번쩍하게 해줄 테니까 그때까진 그냥 평범한 여고생으로 살아주세요."

혁준의 말에 수진이가 눈을 반짝인다.

"정말? 진짜지? 나 그럼 시집갈 밑천 안 모으고 그냥 막
쓴다?'

그러고 보니 악착같이 돈을 모아서 결혼할 때 부모님 도
움을 거의 받지 않았던 수진이다.

아무래도 그리 넉넉지 못한 살림이다 보니 자신의 혼수
는 자신이 직접 마련해야 한다는 생각을 이미 이 나이 때부
터 하고 있었던 모양이다.

'아무튼 조숙해도 너무 조숙하다니까.'

혁준은 그런 수진이의 머리를 가볍게 헝클어주고는 장난
스럽게 말했다.

"그러니까 앞으로 이 오라버니를 극진히 받들어 모시란
말이지. 황금 마차를 태워줄 귀하신 몸이니까."

"아니, 뭐, 내가 언제는 오빠한테 잘 못해줬나 뭐. 근데
오빠, 안 출출해? 배 안 고파? 라면 끓여줄까? 오빠가 좋아
하는 햄도 넣고 꼬들꼬들하게. 어때?"

"그래? 그럼 어디 한번 제대로 맛나게 끓여서 대령해 보
셔."

"예썰! 쫌만 기다려. 바로 끓여줄게!"

혁준의 말에 척 하니 거수경례까지 해 보인 수진이가 곧

장 주방으로 달려갔다.

물을 끓이고 라면 봉지를 뜯고 햄을 꺼내고.

그 부산한 움직임을 흐뭇하게 바라보던 혁준은 이내 몸을 돌려 자신의 방으로 들어갔다.

그렇잖아도 할 일이 태산이었다. 발목을 잡던 일이 해결되었으니 이제부턴 앞만 보고 달리는 일뿐이다. 쉬고 있을 틈이 없었다.

*   *   *

그 후로 혁준은 그전보다도 더 눈코 뜰 새 없이 바쁘게 지냈다.

그사이 제일린에게서 연락이 왔다.

"앞으로 당신이 만들어낼 기적에 저도 동참해 보기로 했어요."

일단 제일린은 미국에 남아 혁준이 준 자료를 토대로 특허와 법인, NPEs를 만드는 데 필요한 제반 사항들을 모두 처리하기로 했다.

"제가 한국에 다시 들어갈 때는 그 모든 것들이 마무리가 되고 기가스 테크놀로지의 사설 NPEs팀이 본격적으로 가동을 시작할 때가 될 거예요."

제일린은 그렇게 믿음직스러운 말을 남기고 전화를 끊었다.

법무팀까지 그렇게 해결한 혁준은 자신의 일에 더욱 박차를 가했다.

그리해 혁준이 원했던 모든 제품이 완성되었다.

국내는 물론이고 미국 특허출원도 모두 마쳤다.

물론 그 모든 특허는 미국 내 법인 회사로 등록이 되어 있었다.

때마침 제일린에게서 NPEs의 변호인단 인선이 마무리되었다는 연락이 왔다.

"보스가 지시하신 대로 특허에 관련해 최고의 스페셜리스트들만으로 변호인단을 짰어요. 다시 말해 지금부터 일어나는 모든 법적 분쟁에 대해 즉각적으로 대응할 수 있게 되었다는 말씀이에요. 그러니 이제 보스가 하고 싶은 대로 마음껏 휘저으세요. 그 뒤처리는 우리가 맡을 테니까."

제일린의 호칭은 어느새 미스터 권에서 보스로 바뀌어 있었다.

어쨌거나 제일린의 말은 이제야말로 현도를 공격할 모든 준비가 다 갖추어졌다는 뜻이었다.

혁준은 지체하지 않고 이미 계획해 둔 일을 바로 시작했다.

"기가스 컴퍼니가 대체 뭐하는 곳이야?"

우성전자 이정우 사장은 뭐가 뭔지 어리둥절하기만 했다.

그의 앞에는 미국 기가스 컴퍼니라는 곳에서 보내온 자료들이 놓여 있었다. 이 자료들에 있는 것은 실로 믿기지 않는 기술들이었다.

현재 현도전자의 주력 상품이라 할 수 있는 것은 재작년인 1992년에 세계 최초로 개발한 64메가 D램 완전 동작 시제품이었고 지금 현재 또한 세계 최초로 256메가 D램의 개발을 목전에 두고 있었다.

그런데 이 자료에는 미국의 기가스 컴퍼니란 곳이 무려 1기가 D램의 설계 및 공정 기술에 관해 기술 특허를 이미 보유하고 있다는 것과 상용화는 물론이고 양산화할 수 있는 기술까지도 완성했다고 적혀 있었다.

그뿐만이 아니었다.

4기가 반도체 전공정 기술부터 64메가 램버스 D램 모듈, 차세대 실리콘웨이퍼에 나노 패턴을 구현할 수 있는 리소 공정 기술이라니?

이건 도무지 현재의 기술로 가능하기나 한 건지 의심스러운 것들로 가득 차 있었다.

하지만 이 자료에 있는 내용들의 사실 여부는 이미 확인을 끝낸 상태였다.

도무지 믿기지가 않는 일이었다.

지금까지도 꿈을 꾸는 것만 같았다.

어떻게 이런 어마어마한 기술들이 이렇게 소리 소문 없이 개발이 되었는지는 알 수 없었다.

하지만 이 자료에 있는 모든 내용은 확실하고도 분명한 사실이었다.

그때부터 이정우의 마음은 조급해질 수밖에 없었다.

이 기술들만 있으면, 기가스 컴퍼니란 곳과 손만 잡을 수 있다면 현재 반도체 산업에서 완벽히 독주 체제를 갖추고 있는 현도전자와 어깨를 나란히 할 수 있다. 아니, 지금의 판세를 완벽하게 역전시킬 수 있을 뿐만 아니라 전 세계 반도체 시장에 일대 돌풍을 일으킬 수 있다.

생각은 길지 않았다.

"오늘 일정 전부 취소하고, 지금 바로 차 준비시키게."

그렇게 비서실에 지시를 내린 이정우의 눈은 자료들 한편에 작은 글씨로 적혀 있는 주소지에 고정되어 있었다.

—서울특별시 강남구 삼성동 147…….

*　　　*　　　*

그렇게 그 주소를 따라 도착한 곳은 은색 유리벽으로 전면을 장식한 모던하고 세련된 느낌의 17층 건물이었다.

기가스 컴퍼니(Gigas Company) 한국 지사

명패를 보니 제대로 찾아오긴 한 것 같았다.

그런데 이 기가스 컴퍼니 한국 지사라는 곳은 건물의 입구에서부터 떡하니 감시 카메라가 설치되어 방문자들을 대놓고 감시하는가 하면 곳곳에 경비들이 삼엄한 경계를 펼치고 있어 어딘지 요란스러워 보이면서도 또 묘하게 기분 나쁜 위압감을 풍기는 곳이었다.

하지만 그런 것을 신경 쓸 때가 아니었다.

그는 곧바로 경비실에 자신의 직위와 이름을 밝혔다.

"우성전자의 이정우 사장님이시군요. 잠깐만 기다려 주시겠습니까?"

젊은 경비가 딱딱하고 사무적인 어조로 그렇게 말을 하고는 어딘가로 전화를 걸었다. 몇 마디 말이 오가는가 싶더니 이내 전화를 끊은 경비가 조금 전보다는 한결 누그러진 말투로 말했다.

"엘리베이터를 타고 17층에서 내리시면 바로 지사장님 실이 보이실 겁니다."

경비가 엘리베이터의 위치를 손으로 가리켰다.

그래도 우성전자라면 국내 굴지의 기업이었고 우성전자 의 사장이면 어딜 가도 귀빈 대접을 받게 마련인데 한낱 경 비조차도 눈썹 하나 까딱하지 않는다.

그런 모습들이 거만해 보이긴 했지만 오히려 그런 거만 함이 기가스 컴퍼니에 대한 신뢰를 높이는 느낌이었다.

이정우는 급한 마음이라 지체하지 않고 엘리베이터를 탔 다.

17층에서 내리니 경비의 말대로 지사장실이 보였다.

노크를 하고 안으로 들어갔다.

그런데,

"......"

안으로 들어가자 먼저 꽤 넓은 크기의 응접실이 있었는 데, 거기에는 그 말고도 이미 십여 명이나 되는 사람들이 먼저들 와서 대기하고 있었다. 게다가 그 사람들 하나하나 가 익히 아는 얼굴들이었다.

"어? 우성의 이 사장님도 오셨군요."

이정우가 잠시 영문을 몰라 어리둥절해 있자 먼저 와 있던 사람 중에 하나가 그렇게 인사를 건네 왔다.

'LI화학 주본회 사장…….'

비단 주본회뿐만이 아니었다. 이곳에 있는 사람들 전부가 이 나라에서 방귀깨나 뀐다 하는 기업인들이었다.

"혹시 이 사장님도 특허 때문에 오셨습니까?"

"……."

"뭐, 자세히 말씀들은 안 하시지만 눈치로 보아하니 다들 그런 것 같아 보이더군요."

"그럼 주 사장님도 그 때문에 오신 겁니까?"

"예. 이건 뭐 말도 안 되는 기술들을 눈앞에 들이미는데 오지 않고는 배길 재간이 있어야죠."

주본회의 이야기를 듣고 보니 더더욱 머릿속이 복잡해졌다.

기가스 컴퍼니에서 특허 기술로 유혹을 한 것은 비단 우성전자만이 아니다. 이곳에서 그가 보고 있는 사람들만 하더라도 거의 모든 분야가 총망라되어 있었다. 그 모든 분야에서 방귀깨나 뀐다는 기업인들을 한달음에 달려오게 했다는 것은 기가스 컴퍼니란 곳이 보유한 특허 기술이 그만큼 대단하고 다양하다는 것이다.

'대체 이게 다 무슨 일인 건지…….'

지금 눈앞에 펼쳐져 있는 이 상황들이 여전히 현실 같지가 않았다.

아무튼 그의 차례가 오기까지는 꽤 긴 시간을 기다려야 했다.

그러는 동안 응접실에 있던 사람들이 하나둘 지사장실로 들어갔고 얼마 안 있어 다시 나와 급하게 그곳을 떠났다.

그런 그들의 표정은 다양했다.

썩은 사과를 베어 문 듯한 얼굴이 있는가 하면 뭔가 결연하고도 확신에 찬 눈빛을 하는 사람도 있었다.

하지만 가장 많은 비중을 차지하는 것은, 아니, 거의 대부분은 그 두 가지 감정을 모두 하나의 얼굴에 담고 있는 경우였다. 그건 LI화학 주본회 사장도 다르지 않았다.

"왜 그러십니까?"

궁금해서 물었더니,

"그냥… 직접 들어가 보시면 아실 겁니다."

그저 씁쓸한 웃음을 입가에 띠고는 그대로 나가 버린다.

그러다 보니 이 상황이 여전히 의아하기만 한 이정우로서는 더욱 더 긴장이 될 수밖에 없었다.

그렇게 지루한 기다림이 이어진 끝에 드디어 이정우의 차례가 되었다.

이정우가 지사장실의 문을 열었다.

지사장실로 들어서자 고작해야 스무 살이나 되었을까 싶은 청년이 악수를 청해 왔다.

　"우성전자의 이정우 사장님이시죠? 반갑습니다. 기가스 컴퍼니의 권혁준입니다."

제18장

특허 괴물

"기가스 컴퍼니의 권혁준입니다."

이정우로서는 그렇게 악수를 청해오는 혁준의 젊은 모습이 상당히 의외일 수밖에 없었다. 하지만 지금껏 사업을 해오며 워낙에 다양한 사람을 만나본 그였기에 그런 마음을 겉으로 드러내지는 않고 그 역시 정중히 손을 내밀어 악수에 응했다.

그러자 혁준이 자리를 권했다.

"앉으세요."

이정우가 자리에 앉았다.

혁준이 물었다.

"차는 뭐로 하시겠습니까?"

"아닙니다, 괜찮습니다."

"그래요? 그거 다행이네요. 오늘 하도 많은 손님들을 한꺼번에 만나다 보니 이젠 차라면 신물이 올라올 지경이거든요. 그렇다고 손님 혼자만 차를 드시게 할 수도 없는 노릇이고……."

이정우의 경직된 얼굴을 보며 분위기를 바꿔보고자 혁준이 너스레를 떨었지만 이정우의 경직된 얼굴은 전혀 펴지지 않았다. 그도 그럴 것이 상대가 여유를 보이면 보일수록 상대가 요구해 올 것이 그만큼 크다는 것을 경험을 통해 알고 있었기 때문이다.

이정우가 여전히 딱딱한 얼굴을 하고 있자 괜히 뻘쭘해진 혁준이 헛기침을 두어 번 뱉은 후 더 이상 시간 끌지 않고 바로 본론으로 들어갔다.

"저희 쪽에서 보내 드린 자료는 보셨겠죠?"

"예."

"어땠습니까?"

"단번에 시장의 판도를 바꿀 수 있을 만큼 강력한 핵폭탄이더군요."

"그럼 이렇게 찾아오신 건, 당연히 저희와 기술제휴를 해

볼 의사가 있으셔서겠죠?"

"물론 그렇긴 합니다만……."

"그렇긴 하지만 조건이 문제다?"

"먼저 기가스 컴퍼니 쪽의 조건부터 들어봐야 하니까요."

"그럼 단도직입적으로 말씀드리겠습니다. 기술제휴에 따른 계약금은 한 푼도 받지 않겠습니다."

"예?"

이정우가 혁준의 말에 놀란 눈을 부릅떴다.

계약금을 한 푼도 받지 않겠다니?

자료에 있던 그 특허 기술들이라면 그로 인해 얻어지는 수익은 어림잡아도 수조 원 이상의 가치가 있었다. 그 외에 부가적으로 얻어지는 기업 이미지까지 생각하면 수백억, 아니 그 이상을 요구해도 거절하기 힘든 일이었다.

이정우의 딱딱하게 굳었던 얼굴이 대번에 환해진 것은 말할 것도 없다. 하지만,

"대신……."

혁준의 이어진 말에 이정우의 얼굴은 언제 그랬냐는 듯 시커멓게 죽었다.

"그로 인해 얻어지는 전체 매출의 12퍼센트를 로열티로 받겠습니다."

"예? 뭐라고요?"

이정우는 순간 자신이 잘못 들은 줄 알았다.

"매출의 12퍼센트를 로열티로 받겠다고 했습니다. 혹시나 싶어 말씀드리는 겁니다만 이익의 12퍼센트가 아닙니다. 어디까지나 전체 매출의 12퍼센트입니다."

"……."

혁준이 재차 말을 하고서야 이정우는 자신이 잘못 들은 게 아니란 것을 알았다. 그리고 앞서 지사장실을 방문한 사람들의 표정이 왜 썩은 사과를 베어 문 것 같은 얼굴을 했었는지도 그제야 알았다.

아무리 핵심적이고 혁신적인 기술이라 해도 매출의 5퍼센트를 넘기지 않는 것이 통상적인 로열티였다. 실제로 우성이 로열티로 지급하는 해외 기술 중에 최대가 3.7퍼센트에 지나지 않았다.

그런데,

'전체 매출의 12퍼센트라니?'

"왜요? 매출의 12퍼센트가 많다 느껴지십니까?"

많다.

많아도 너무.

순이익이라고 해도 적지 않을 판국에 매출의 12퍼센트라면 이건 그냥 껍질도 안 벗기고 홀라당 먹어 삼키겠다는 뜻이었다.

하지만 이정우는 차마 그 말을 입 밖에 내지 못했다.

무턱대고 안 된다고 하기에는 이 눈앞의 먹잇감이 너무 탐이 났다. 지금 그는 머릿속으로 한창 수지타산을 굴려보고 있는 중이었다.

그런 이정우를 보며 혁준이 한마디 했다.

"제가 생각하기에는 절대로 과한 액수가 아닙니다. 오히려 우성에겐 많이 양보를 한 겁니다. 실제로 오늘 이 자리에 오신 분들에겐 매출의 15퍼센트 이상을 요구했으니까요. 우리 기가스 컴퍼니가 다른 업체를 다 제쳐 두고 우성을 먼저 택한 것은, 그리고 다른 곳과 차별을 두어 이런 혜택을 드리는 것은 우성이 반도체 기술에 대한 제반 설비를 가장 잘 갖추고 있어서입니다. 특히 이 사장님이 미래를 보고 야심차게 준비하신 FAB와 5천 클래스의 클린룸은 정말이지 감탄이 절로 나오더군요."

혁준의 말대로였다.

그건 이정우가 우성의 사활을 걸고 준비한 것이었다.

"그 외에도 우성에는 사장님이 직접 세계 반도체 회사를 뛰어다니며 얻은 공정 기술의 노하우와 인맥이 있습니다. 또 앞으로 1기가 D램을 생산하는 데 필요한 여러 가지 신기술을 구현하기에 가장 적합한 환경도 갖추어져 있습니다. 그 부분에 관해서만큼은 오히려 업계 1위를 달리고 있는 현도나, 현도보다도 한 걸음 앞서가고 있는 일본보다도 월등히 나을 겁니다. 아니, 단언컨대 세계 최고라고 해도 과언이 아닐 겁니다. 그건 그만큼 우성이, 그리고 이정우 사장님이 반도체 산업에 모든 것을 걸고 고군분투하며 달려오신 덕분일 테구요."

"……."

"하지만 그렇게 열심히 해오셨지만 후발주자라는 한계만큼은 넘지 못하셨죠. 현도보다도 더 좋은 반도체 생산 환경을 갖췄고 더 월등한 공정 기술을 확보했지만 정작 그것을 실현하고 구현해 줄 최고의 연구진들은 현도나 일본 미국 등의 회사들에 다 뺏겨 버렸으니까요. 환경은 갖추었는데 정작 기술 개발은 지지부진해지고… 결국 지금은 그 좋은 환경들을 제대로 써먹지도 못한 채 놀리고 있는 실정이 아닙니까? 그로 인해 낭비되는 돈도 어마어마할 테고요. 실제로 그로 인해 우성전자의 자금 사정이 상당히 좋지 않은 걸로 알고 있습니다."

"……."

"그건 현도에서 256메가 D램 개발에 성공하면 더욱 더 심해질 테죠. 결국은 우성은 그동안 어마어마한 재화와 시간과 공을 들여 갖춰놓은 그 모든 것들을 포기할 수밖에 없게 될 겁니다. 물론 그걸 포기한다고 해도 우성이 과연 살아남을 수 있을지는 장담할 수 없는 일이구요."

혁준의 말은 사실이다.

사실이기에 더 아프고 무서운 현실이었다.

이정우가 그렇게 꿀 먹은 벙어리가 되어 고개를 떨구자 혁준이 한층 더 목소리에 힘을 실었다.

"저희 기가스 컴퍼니에서 제공할 기술은 말입니다, 당장 1년 앞도 내다볼 수 없는 우성의 불안한 미래를 향후 100년 동안을 책임지게 될 겁니다! 거기에 비하면 매출의 12퍼센트는 오히려 터무니없이 저가에 제공하는 것이 아니겠습니까? 물론 결정은 어디까지나 우성의 몫입니다. 우성이 저희의 기술을 제공하기에 가장 이상적인 기업이긴 하지만, 굳이 우성이 아니더라도 저희는 상관없습니다. 기술을 실현하는 데 드는 시간이야 조금 더 걸리겠지만, 1, 2년 늦어진다고 해서 우리의 기술 가치가 떨어지는 것도 아닐뿐더러 저희 기술을 원하는 기업들은 얼마든지 있으니까요."

혁준의 길었던 이야기는 거기에서 끝을 맺었다.

언뜻 협박처럼 들리기도 했지만 이정우는 아무런 반박도 할 수 없었다.

그러기에는 그 한마디 한마디가 너무 크고 무거웠다.

모르긴 몰라도 이미 우성에 대해서 철저히 조사하고 거

기에 따른 이윤과 실익을 다 따져서 매출의 12퍼센트라는 결론을 냈을 것이다.

'이미 수지타산을 따질 만한 상황이 아닌 거로군.'

협상의 여지도 없다.

Yes or No.

두 개의 선택지가 있었지만 하나의 선택지에는 이미 오답이라고 명확하게 써져 있는 상황이었다.

'매출의 12퍼센트라…….'

여전히 터무니없는 숫자다.

하지만 매출의 15퍼센트, 아니, 20퍼센트라고 했어도 그가 선택할 수 있는 것은 하나뿐이었다.

우성의 백년지대계를 튼튼히 함은 물론이고 충분한 실익도 얻고, 거기다 선발주자인 현도를 따라잡을 수도 있다.

아니, 그 정도가 아니다.

눈앞의 청년이 내민 손만 잡으면 분명 우성은 세계적인 반도체 회사로 거듭나게 될 것이다.

그가 젊은 시절 우성을 보며 꾸었던 모든 꿈을 이 청년이라면 분명 이루게 해줄 것이다.

더 고민할 것도 없다.

엄연히 칼자루는 기가스 컴퍼니가 쥐고 있는 상황, 괜히 작은 이득을 쫓다가 이 청년의 심기를 건드리기라도 하는 날에는 그 자리에서 목이 베이는 것은 자신과 우성이다.

"알겠습니다. 우리 우성은 말씀하신 조건에 기가스 컴퍼니와 기술제휴를 맺겠습니다."

이정우의 결정에 혁준이 기분 좋게 웃으면서 손을 내밀었다.

"현명하신 결정입니다. 이로써 우성은 우리 기가스의 기술만 얻은 것이 아닙니다. 우리 기가스와 파트너가 되신 겁니다. 그것이 얼마나 큰 행운인지는 차후에 아시게 될 겁니다."

그 거만한 태도가, 자신만만한 말이 귀에 거슬리지 않는다. 오히려 묘한 안도와 어떤 든든함이 지금까지 긴장했던 마음을 녹인다.

이정우는 혁준의 내민 손을 맞잡으며 새삼 고개를 갸웃거렸다.

'대체 기가스 컴퍼니의 정체가 뭐지?'

                    *   *   *

기가스 컴퍼니.

혁준이 제일린의 조언에 따라 미국에 설립한 법인이다.

앞으로 기가스 테크놀로지의 대외적인 활동은 모두 기가

스 컴퍼니를 내세울 계획이었다.

그러는 편이 한국에서 사업을 하다보면 불가피하게 맞닥 뜨리게 되는 여러 불합리한 정치적 압력으로부터 보다 자 유로울 수가 있기 때문이다.

삼성동에 있는 건물을 한국 지사로 걸고 스스로 지사장 이란 명함을 단 것도 같은 맥락에서였다.

오늘 방문한 기업주들을 모두 만나고 난 혁준은 크고 폭 신한 소파에 몸을 푹 파묻었다. 이젠 마라톤을 뛰어도 지치 지 않는 그였지만 사람을 상대한다는 건, 그것도 산전수전 다 겪은 노회한 장사꾼을 상대로 거래를 한다는 건 정말이 지 심력의 소모가 너무 컸다.

혁준이 그렇게 소파에 푹 몸을 파묻고 있자 차유경이 그 앞에 주스를 내려놓았다.

"시간을 두고 천천히 하셔도 되지 않겠어요?"

"이왕 시작한 김에 바짝 하고 푹 쉬죠 뭐."

"그래도 이제 시작인데… 시작부터 너무 진을 빼는 거나 아닌지 모르겠네요."

"그러게 말입니다. 내일은 해외 바이어들까지 들어올 텐 데… 생각만 해도 벌써 골치가 다 아플 지경이네요."

해외 바이어들뿐만이 아니었다. 오늘 왔던 기업들 중에 삼분의 일 정도는 혁준의 제안을 거절했다. 내일은 차선으로 정한 기업주들을 또 만나봐야 했다.

"어쨌든 열두 곳이랑 계약이 체결되었으니 생각보다는 성적이 좋습니다. 고생한 보람이 있어요."

"어차피 그들로서는 선택의 여지가 없는 일이니까요. 오히려 그만큼 큰 기업을 꾸려온 사람들이 그저 한순간의 감정에 휩쓸려서 앞뒤 분간도 못 하고 여섯 곳이나 우리의 제안을 거절했다는 게 저는 더 신기해요."

물론 그렇긴 하지만 이해 못 할 일도 아니었다.

차유경이 조사해준 정보들을 토대로 그 회사의 상황에 따라 차등적으로 로열티를 정했지만 어디까지나 평균을 따지면 매출의 15퍼센트 선이었다.

로열티 매출의 15퍼센트.

혁준이 생각해도 그 숫자만 보자면 확실히 터무니없는 조건이긴 했다.

하지만 충분히 그만한 가치가 있는 기술이었다.

매출의 15퍼센트도 그 기술이 가진 가치를 면밀히 따져서 정한 것이었다.

물론 워낙에 전례가 없던 조건인 만큼 반발도 예상했다. 기업주들이 느낄 부담감이 어떠할지도 충분히 짐작할 수 있었다.

그러니 그가 아주 돈독이 오른 것이 아닌 마당에야, 보다 기분 좋은 거래와 관계 유지를 위해 어느 정도의 양보는 할 수도 있었다.

하지만 그러고 싶지 않았다.

기업을 한다는 사람들에 대한 회의감이 이미 그의 뇌리 깊이 박혀 버린 때문이었다.

내색은 안 했지만 한성진으로 인해 받은 상처와 정일환으로 인해 생겨난 분노가 아직도 그의 가슴속에선 그 불길이 조금도 사그라지지 않은 채로 남아 있었다.

적어도 사업적인 관계에 있어서만큼은 조금의 인정도 개입시키지 않기로 했다.

앞으로는 철저하게 합리적이고 원칙적이며 계산적으로 일을 해나가기로 작심을 한 그였다.

오히려 그들로서는 칼자루를 손에 쥔 혁준이 횡포를 부리지 않은 것만으로도 감사해야 할 지경이었다.

'그나저나 이제 시작이로군.'

씨를 뿌렸다.

그 씨가 이제 싹을 틔우기를 기다리면 된다.

그러면 그 싹은 자라서 무적의 힘을 가진 거대한 특허 괴물이 될 것이다.

그리고 전설의 기가스처럼 번쩍이는 갑옷을 입고 큰 창을 휘두르며 현도그룹을 갈기갈기 찢어발길 것이다.

흔적조차 남기지 않은 채로.
그렇게 무참하게.

제19장
오랜만이네요

[우성전자 1기가 동기식 D램 세계 최초 개발!]

—미국의 기가스 컴퍼니사와 기술제휴를 맺은 우성전자는 11일 꿈의 반도체로 불리는 1기가(Giga) 싱크로너스 동기식 D램의 회로 설계 및 공정 기술을 세계 최초로 개발하는 데 성공했다고 발표하고 이를 설계한 실리콘 웨이퍼를 공개했다. [관련 기사 3면]

—1기가 D램 반도체는 10억 비트 용량의 반도체로 영자 신문 약 8,000쪽 분량의 정보를 엄지손톱만 한 1개의 칩에 기록,

저장할 수 있는 차세대 메모리 반도체다.

이 제품은 g당 348만 원으로 금 1g과 비교할 때 300배 이상 비싸며 현도전자의 기존 256메가 D램 반도체보다 생산성은 무려 2.3배나 높다.

이 제품은 회로선폭 0.13마이크로미터의 초미세 가공 기술을 800개의 전 반도체 공정에 적용해 양산 가능성을 검증한 것으로 칩 크기가 동종 업계 반도체 회사들이 개발 중에 있는 제품들보다 30~40퍼센트나 작은 것으로 알려졌다.

이로써 반도체 시장에서 단번에 태풍의 핵으로 뛰어오른 우성전자는 동종 업계의 최고 강자인 현도전자를 밀어내고 업계 1위를 차지할 것이 기정사실화되고 있는 가운데…….

쾅—!!

신문을 읽어 내려가던 정일환이 그 대목에 이르러 주먹으로 자신의 책상을 거칠게 내려쳤다.

"대체 이게 어떻게 된 일이냔 말이야!"

믿을 수가 없었다.

우성전자가 반도체 쪽에서 꽤 저력 있는 회사라는 건 그도 이미 알고 있는 바였다.

하지만 1기가 D램이라니?

그것도 양산이 검증되다니?

1기가 D램의 개발은 이미 현도도 진행하고 있는 프로젝트였다.

1~2년 내에 개발에 성공할 거라는 확신도 있었다.

하지만 양산은 완전히 다른 문제였다. 현도의 기술력으로도, 아니, 전 세계 어느 반도체 회사라도 1기가 D램을 양산하려면 적어도 5년 내에는 불가능하다는 게 일반적인 견해였다.

그런데 대체 우성전자가 무슨 수로 그것을 성공했다는 말인가?

게다가 더욱 환장할 노릇은 단지 전자 하나만이 아니라는 것이다.

현도그룹의 모든 계열사가 난데없이 터져 나오는 경쟁 기업들의 혁신 기술에 현도전자에 못지않을 정도로 심각한 타격을 받고 있었다.

"김 부장, 기가스 컴퍼니란 곳이 대체 뭐하는 곳이야?"

답답한 마음에 얼만 전 그룹 본사에서 현도전자로 옮겨온 김형욱에게 물었다.

대체 뭐하는 곳이기에 기술 혁신을 선언하는 경쟁 기업들이 죄다 기가스 컴퍼니란 곳과 기술제휴를 맺고 있단 말인가?

하지만 속 시원한 대답은 들을 수 없었다.

어차피 기대도 안 했다.

이 모든 것들이 너무도 갑작스럽게 불어닥친 상황이었다.

본사에서도 이제야 겨우 발등에 불이 떨어져서 정보력을 긴급 가동하기 시작한 시점이었다.

그러나 기존에 알려진 것 말고는 어떤 회사인지, 누구의 회사인지, 뭐하는 회사인지 무엇 하나 제대로 알 수 있는 게 없었다.

문득 혁준을 떠올리지 않은 것은 아니었다.

기가스 테크놀로지와 이름이 비슷한 것이 마음에 걸렸다.

하지만,

'그럴 리가 없지.'

간단히 부정했다.

세 명의 기술이사라는 자들이 AMD 전자제어칩이라는 놀라운 발명품을 만들어내긴 했지만 지금 터져 나오고 있는 것들은 그것과는 차원이 달랐다.

몇 명에서 머리 맞대고 뚝딱 만들어낼 수 있는 것이 아니었다.

기업 차원에서 수많은 연구진과 개발진을 투입하고 수년 간 어마어마한 돈을 들이부어야 겨우 될까 말까 한 선진 기술이었다.

그런 선진 기술들이 지금 한두 개도 아니고 수십 종이 무더기로 쏟아져 나오고 있는 것이다.

'그래, 그럴 리가 없어.'

괴물 같은 기술력으로 한국 경제계를 송두리째 뒤흔들고 있는 것이 그런 꼬맹이들일 리가 없다.

'그럼 대체 기가스 컴퍼니의 정체가 뭐야?'

아무 대답도 못 하고 있는 김형욱을 보며 정일환이 애써 흥분을 가라앉히며 물었다.

"특허 침해 부분은 어떻게 됐어? 뭐 건진 것 좀 없어?"

아무래도 경쟁사에서 내놓고 있는 기술들은 현도가 가진 기존의 기술들과 유사하거나 겹치는 부분이 많았다. 이대로 마냥 당하고만 있을 수는 없기에 거기에라도 기대를 걸고 있었다. 그러나 김형욱의 대답은 이번에도 그를 실망시킬 뿐이었다.

"자체적으로 면밀히 살펴보았지만 워낙에 교묘하게 회피 설계가 되어 있어서 침해로 걸 수 있는 부분이 없었습니다."

"없으면 있게끔 만들어야지! 언제는 우리가 이길 수 있는 것만 가지고 싸웠어? 한국에서 현도의 입김이 통하지 않는 곳이 없고 현도의 돈을 받아 처먹지 않은 곳이 없는데 뭐가 문제야? 일단 소송부터 걸어! 뭐가 어떻게 되었든 법으로 싸워서 우리가 질 리가 없잖아!"

"하지만 상대는 미국 법인 회사입니다. 게다가……."

"게다가 뭐?"

"그게… 기가스 컴퍼니의 지적 재산 관리를 맡고 있는 NPEs의 변호인단 중에……."

"뭘 그렇게 뜸을 들이는 거야? 속 시원히 말해!"

"특허권 소송에서 세계 최고라고 알려진 피터 뎃킨이 포함되어 있습니다. 그 외에도 세계 유수의 NPEs사에서 에이스라 불리는 변호사들까지 여럿 합류해 있구요. 아무리 여기가 한국이라지만 지금 현도의 법무팀으로는 그들을 이길 수가 없습니다."

"그러니까 뭐야? 이도 저도 방법이 없다는 거야?"

미치고 환장할 노릇이었다.

세계 최고를 지향하던 현도가 대체 하루아침에 어떻게 이런 지경에까지 몰려 버렸는가 말이다.

"기가스 컴퍼니가 있는 곳이 어디라고 했지?"

"조지아 주입니다."

"그럼 내일 비행기로 바로 갈 테니까 준비해 놔."

"하지만 아직 기가스 컴퍼니와는 연락이 안 되고 있어서……."

"하루가 급한 이때에 언제까지 연락이 닿기만을 기다릴 수는 없잖아! 가서 몸으로라도 부딪쳐 봐야지. 직접 그쪽 대표와 만나서 뭔가 해결책이라도 찾아보든가, 그도 안 되면 기가스 컴퍼니의 기술이란 것을 우리 현도에서도 사 오든가… 아직 모르겠어? 이대로라면 우리 현도가 망할 판국이란 말이야!!!"

*　　*　　*

기가스 벤처스(GV) 대표 변호사 제일린 화이트.

정일환은 자신의 손에 들린 명함과 그것을 내민 금발의 미녀를 보며 의아해했다.

정말 어렵게 찾은 기가스 컴퍼니였다.

그때까지도 기가스 컴퍼니에 대한 제대로 된 정보를 얻지 못한 상태였고 여전히 연락도 닿지를 않아서 사방팔방으로 뛰어다닌 끝에야 겨우 여기까지 올 수 있었다.

그런데, 그렇게 어렵게 기가스 컴퍼니 본사를 찾아왔건만, 오너란 사람은 코빼기도 안 보이고 웬 변호사란 말인가?

"기가스 컴퍼니의 고문을 맡고 있는 제일린 화이트예요.

앉으세요."

"아, 예… 현도전자 사장 정일환입니다."

그나저나 아름답다.

그런 걸 감상이나 하고 있을 처지가 아닌데도 그의 눈은 천연색의 금발 머리와 풍만한 가슴, 허리에서 엉덩이로 떨어지는 완벽한 곡선과 스커트 아래로 미려하게 뻗은 희고 날씬한 다리를 저절로 훑어 내려가게 된다.

"그런데 현도전자의 정 사장님께서 여기까진 어쩐 일이시죠?"

잠시 제일린의 몸매 감상에 빠져 있던 정일환이 제일린의 말에 흠칫했지만 이내 평정을 찾고는 물었다.

"기가스 컴퍼니의 대표님을 만나 뵙고 사업적으로 논의를 드릴 것이 있어 왔습니다만……."

"사업적인 논의라면?"

"그건 대표님을 만나 뵙고 직접 말씀드리겠습니다."

"제가 지금 이렇게 정 사장님과 마주하고 있는 것은 어디까지나 대표님의 대리인 자격으로 있는 거예요. 하실 말씀이 있으시면 저한테 하세요. 아니면, 저로는 부족하다는 건가요?"

조금 난감한 질문이었다.

지금 현재 그는 어디까지나 부탁을 하러 온 처지였다. 일개 도어맨에게라도 잘 보여야 하는 처지에 오너의 대리인을, 그것도 기가스 컴퍼니의 법률 자문을 상대로 불쾌하게 만들 수는 없는 일이었다.

하지만,

"이건 어디까지나 현도그룹의 그룹 차원에서의 일입니다. 미스 제일린께는 미안한 말씀이지만 기가스 컴퍼니의 대표와 직접 만나서 상의를 드리고 싶습니다."

그는 단지 현도전자의 사장으로 온 것이 아니었다.

현도그룹의 차기를 이끌 후계로서 현도그룹을 대표해서 온 것이었다.

세계 어떤 회사도 현도그룹의 대표자에게 대리인을 내세울 수는 없다.

그것은 대현도그룹의 자존심 문제였다.

'아직도 제대로 사태 파악을 못 하고 있군.'

그런 정일환을 보며 제일린은 속으로 코웃음을 쳤다.

지금은 자존심을 내세울 때가 아니었다.

'망하고 난 다음에는 그런 자존심이 다 무슨 소용이라고.'

위기감은 느끼면서도 설마 하는 마음이 있는 것이다.

설마 현도가 망할까?

설마 현도가 이대로 무너질까?

사방팔방 아무런 희망이 없는데도, 단 하나의 희망이라면 기가스 컴퍼니밖에 없는데도, 자존심은커녕 필요하다면 제일린의 발밑에 무릎이라도 꿇고 매달려야 할 만큼 지금 현도는 절박한 상황인데도 그 맹목적이고 맹신적인 믿음이 어리석게도 한 가닥 부질없는 자존심을 붙들고 있는 것이다.

'하긴, 대기업의 자존심이란 게 그렇게 간단히 버릴 수 있는 게 아닐 테지만……'

하지만 그조차도 얼마 남지 않았다.

굳이 그녀가 상기시켜 주지 않더라도 곧 있으면 자연히 깨닫게 될 일이었다. 물론 그때 가서 후회해 봐야 아무 소용 없겠지만 말이다. 아니, 어차피 지금 깨닫나 나중에 깨닫나 결과는 마찬가지였다.

'애당초 건드리지 말았어야 하는 사람을 건드렸을 때, 그때 이미 현도의 운명은 다한 것이었으니까.'

어쩌면 차라리 이대로 망상에 빠져 있는 게 조금이라도 더 행복한 것일지도 모른다는 생각을 하며 제일린이 말했다.

"정 사장님의 뜻은 잘 알겠습니다. 하지만 지금 당장은 저희 대표님과는 만나실 수가 없으세요."

그 먼 길을 달려왔는데 만날 수가 없다니?

"왜입니까?"

"지금 저희 대표님은 미국에 계시지 않거든요."

"미국에 계시지 않는다면 어디에……?"

제일린은 사전에 혁준으로부터 받은 지시대로 대답했다.

"지금 저희 대표님은 한국에 계세요."

혁준이 사전에 지시한 대로 제일린이 말을 하자 정일환이 순간 벙찐 표정을 했다.

"한국에 말입니까?"

이게 대체 무슨 삽질인가 싶었다.

한국이라니?

바로 코앞에 있었건만, 그런 사람을 찾아서 지구 반 바퀴를 돌아 여기까지 왔단 말인가?

허탈하다 못해 어이가 없을 지경이다.

"저희 대표님께서는 지금 현재 한국 지사에 계세요. 대표님을 뵙고자 하신다면 그쪽으로 가보시는 게 좋을 거예요. 그리고 이건 저희 기가스 컴퍼니 한국 지사의 주소예요."

멍청한 얼굴이 되어서 제일린이 하는 말을 그저 듣고만 있는 정일환의 앞으로 제일린이 한국 주소가 적힌 메모 한 장을 내밀었다.

─서울특별시 강남구 삼성동 147…….

주소를 보니 더더욱 기가 막혔다.

현도그룹 본사가 있는 곳이 바로 삼성동이었다.

그야말로 눈뜬장님이 따로 없었다.

"일정을 말씀해 주시면 제가 저희 지사에 연락을 해서 대표님과의 약속을 한번 잡아보도록 하겠습니다."

제일린의 배려에도 인사조차 제대로 못 했을 만큼 정일환이 받은 정신적 대미지는 컸다.

하지만 그 정도는 그저 맛보기에 불과했다.

그길로 부랴부랴 올라탄 한국행 비행기 안에서였다. 습관적으로 신문을 펼쳐 들었을 때, 제일린의 예상보다도 빠르게 정일환은 현도가 정말로 이대로 무너질 수도 있다는 냉정한 현실을 받아들여야 했다.

[현도그룹 주력 계열사들, 경쟁사들의 공격적인 마케팅 전략에 고전을 면치 못하다!]

[현도그룹, 주가 폭락!]

[현도그룹, 이대로 왕좌를 내려놓는가?]

[속수무책으로 무너지는 현도, 과연 대책은?]

[현도그룹, 결국 미국의 기가스 컴퍼니로부터 불어온 태풍의
첫 희생자가 되고 말 것인가?]

경제면에는 온통 현도에 관한 기사뿐이었다.

그만큼 지금 한국에서는 현도의 상황이 화제가 되고 있
다는 것이다.

'대체 대응팀은 언론 하나 막지 못하고 뭘 하고 있었던
거야?'

언제고 터질 일이었지만 이건 너무 빨랐다.

뭔가 대책이 강구될 때까지만이라도 대응팀에서 철저히
언론을 막았어야 했다.

그런데 막지 못했다.

그건 생각보다도 상황이 더 심각해졌다는 뜻이었다.

무엇보다 여론의 동향이 가장 큰 문제였다.

이 모든 것이 엄연한 사실이기에 가장 먼저 주식시장이
흔들릴 것은 불을 보듯 뻔한 일이었다. 주식시장이 흔들리
면 그건 곧바로 자금 압박으로 이어질 것이고, 아무런 대책
도 강구되지 못한 상황에서 아무리 지금껏 현도와 돈독한
관계를 유지해 온 은행들이라 해도 쉽게 주머니를 열려고

하지는 않을 것이다.

이어지는 악재가 도미노가 되어 현도를 덮치게 된다.

그때는 정말이지 회생 불능의 타격을 입게 될지도 몰랐다. 그전에 어떻게 하든 대책을 세워야 했다. 그리고 지금 현도에게 있어 유일한 대책은 역시 기가스 컴퍼니뿐이었다.

마음이 급했다.

비행기 안이 너무 답답했다.

한국까지의 긴 비행시간이 더욱 지루하게만 느껴졌다.

그러나 그 고역의 시간을 겨우 끝낸 다음에도 일은 그의 마음처럼 쉽게 풀리지 않았다.

연락을 주겠다던 제일린에게서 하루가 가고 이틀이 가고 사흘이 지나도록 감감무소식이었다. 답답한 마음에 더는 참지 못하고 제일린에게 전화를 걸었지만 대표란 자의 스케줄이 그렇게 간단히 조율이 되지 않고 있다는 대답만 들어야 했다.

마음 같아서는 당장에라도 기가스 컴퍼니의 한국 지사로 쳐들어가고 싶었다.

하지만 그랬다가 자칫 대표란 자의 심기라도 상하게 한다면 그때는 정말이지 현도가 문을 닫게 될 수도 있는 일이기에 차마 그러지 못하고 그저 벙어리 냉가슴 앓듯 참고 또

참아야 했다.

그렇게 일주일이 지났을 때였다.

드디어 제일린에게서 연락이 왔다.

기가스 컴퍼니 대표와 드디어 약속이 잡혔다는 것이었다.

이틀 후였다.

이틀 후 약속 날이 된 정일환은 약속 시간보다도 한 시간이나 일찍 기가스 컴퍼니의 한국 지사로 달려갔다. 지금의 정일환은 미국에서 제일린과 만났을 때의 정일환이 아니었다. 한 줌 자존심마저도 다 버린 상태였다. 지금 그는 필요하다면 기가스 컴퍼니 대표 앞에 무릎이라도 꿇을 각오가 되어 있었다.

현도를 살리기 위해서라면 그보다 더한 짓도 할 수 있었다.

그렇게 한달음에 기가스 컴퍼니의 한국 지사로 달려간 그였지만 대표란 자와 만나기까지는 약속 시간이 되고서도 무려 네 시간을 더 기다려야 했다.

이미 응접실에서부터, 응접실에 가득 차 있는 다양한 인종의 내외국인들을 볼 때부터 그는 자신의 차례까지는 아직 많이 남았다는 것을 알았다. 약속 시간에 만날 수 있는 가능성이 없다는 것도 바로 알아차렸다.

하지만 실망하지 않았다.

화를 내지도 않았다.

이미 기가 꺾일 대로 꺾인 그였다.

현도를 살리기 위해서라면 네 시간 아니라 사십 시간이라도 얼마든지 기다릴 각오가 되어 있었다. 그만큼 그는 절박했고 현도는 위태로웠다.

그렇게 드디어 정일환의 차례가 왔다.

정일환은 옷매무새를 단정히 하고 문을 열었다.

거기에 있었다.

기가스 컴퍼니 대표가.

등을 돌린 채로 창밖을 내려다보며.

탁―

문이 닫혔다.

그리고 드디어 기가스 컴퍼니의 대표가 정일환에게로 몸을 돌렸다.

"……."

의미심장한 눈빛.

말아 올라가는 입꼬리.

그리고,

"오랜만이네요, 정일환 사장님."

툭 던지듯 건네오는 인사.

순간, 정일환은 벼락이라도 맞은 듯이 그 자리에 그대로 얼어붙어 버렸다.

제20장

도와주십시오

'이자가 왜……?'

너무 큰 충격은 사람을 바보로 만드는가 보다.

'이자가 왜 여기에 있는 거지?'

눈앞의 혁준을 보고도 아직도 사태 파악이 안 되는 정일환이다.

하지만 그것도 잠깐, 이윽고 기가스 컴퍼니의 대표가 혁준이었다는 것을 깨닫고는 그 눈에 불신과 경악을 한꺼번에 담는다.

혁준이 그런 정일환을 보며 비릿하게 웃었다.

"이거 참, 많이 놀라셨나 보군요? 기가스 컴퍼니의 대표가 바로 저라서? 하긴 그렇겠죠. 다시는 얼굴 볼 일 없을 것 같았던 저와 이런 식으로 만나게 될 줄을 몰랐을 테니까."

"……."

"그래, 그동안 저를 만나려고 꽤나 분주하셨다면서요? 미국의 본사까지 찾아가셨다고 하던데… 이거 본의 아니게 괜한 수고를 끼쳐 드렸습니다. 하하."

명백한 놀림이다.

놀림임을 알면서도 정일환은 지금 이 순간 자신이 어떻게 해야 할지 아직도 혼란에 빠져 있었다. 그런 정일환을 보며 혁준의 입가에 걸린 비릿한 미소가 조금 더 짙어졌다.

그러다 짐짓 호들갑을 떨었다.

"아, 이런! 이런 결례가 있나. 귀한 손님께 자리도 권하지 않았군요. 자자, 일단 앉으세요. 앉아서 얘기합시다."

그렇게 혁준의 권유에 정일환이 자리에 앉았다.

하지만 정일환의 얼굴은 이어서 자리에 앉는 혁준을 보며 더 보기 흉하게 구겨졌다.

그도 그럴 것이, 상석의 소파에 깊이 몸을 묻은 혁준이 마치 보란 듯이 척하니 다리를 꼬았던 것이다.

그야말로 건방지기 이를 데 없는 태도였다.

감히 대현도전자의 사장 앞에서.

새파랗게 어린놈이.

그러나 이번에도 정일환은 그 시건방에 대한 어떠한 불만도 내뱉지 않았다.

이런 충격적이고 또한 모욕적인 순간에도 자신이 여기에 온 목적만큼은 잊지 않고 있었다.

지금은 허리를 숙여야 할 때란 것을 넘칠 만큼 잘 알고 있는 것이다.

"그나저나 못 뵌 사이 얼굴이 많이 수척해졌습니다. 무슨 안 좋은 일이라도 있으셨습니까?"

정일환의 굳은 얼굴을 보며 히죽 웃어 보인 혁준이 그렇게 운을 뗐다.

정일환의 눈썹이 다시 한 번 꿈틀거렸다.

무슨 일이라도 있었냐니?

무슨 일이 있게 만든 당사자가 바로 이자가 아니던가?

어느 정도 충격에서 벗어난 지금, 이젠 모든 상황이 손금 보듯 훤히 보였다.

어떻게 돌아가는 상황인지, 어쩌다 이런 상황이 벌어졌는지 전부 다 파악했다.

이 모든 게 이 시건방진 애송이의 짓이다.

기가스 컴퍼니란 이름으로 현도의 경쟁사들과 기술제휴를 맺은 것도, 그리해 현도를 궁지로 내몬 것도, 그를 이곳까지 찾아올 수밖에 없게 만든 것도 바로 이자의 농간이었음에 틀림없다.

다만 한 가지 이해가 안 되는 것은 '왜?'였다.

'대체 왜?'

물론 예전에 그들 사이에 그다지 유쾌하지 못했던 사건이 있었던 건 사실이다. 하지만 그게 과연 이렇게까지 거창하게 일을 꾸밀 정도로, 현도를 이렇게까지 궁지로 내몰아야 할 만큼 큰일이었다고는 도무지 생각되지 않았다.

혁준은 그런 정일환의 마음을 읽고는 내심 코웃음을 쳤다.

'원래 돌을 던진 놈은 돌에 맞은 개구리의 아픔 따위는 관심도 없는 법이니까.'

더구나 평생 살면서 사람한테 상처 같은 걸 받아본 적이 없을 정일환이다. 그런 그가 그날 받은 자신의 배신감과 상처와 치욕을 이해할 수 있을 리가 없다.

그것이 혁준의 심사를 더 비틀리게 했지만 그 비틀린 심사를 일부러 내색하지 않고 가만히 정일환의 말을 기다렸다.

조금 긴 정적이 흘렀다.

원래는 기가스 컴퍼니의 대표를 보자마자 바로 현도의

사정 얘기를 하고 도움을 청할 작정이었다. 지금의 위기를 벗어날 수만 있다면 자존심이니 체면이니 그딴 건 다 내려놓을 생각이었다.

그런데 막상 기가스 컴퍼니 대표가 혁준인 것을 알고 나니 차마 입이 떨어지지 않는다.

다 버리고 왔다고 생각했던 자존심이, 체면이 가슴 저 밑바닥에서부터 불쑥 고개를 추켜세운다.

하지만 거기까지였다.

백척간두의 위기에 내몰린 현도였다.

현도라는 이름의 가치에 비하면 자신의 자존심이나 체면은 한 톨 먼지만큼의 가치도 없었다.

"대표님과 저 사이에 묵은 감정이 있다는 것은 잘 압니다만……."

그렇게 운을 뗐다.

"현도는 한국 경제를 지탱하는 한국 경제의 기둥입니다. 현도가 흔들리면 한국 경제가 흔들리고 현도가 무너지면 한국 경제가 같이 무너지게 됩니다."

"그래서요?"

"뿐만 아니라 현도에 생계를 걸고 있는 직원 수가 오만 명이 넘습니다. 현도와 생사를 같이하고 있는 하청 업체들까지 합하면 수십만 명입니다. 그런 현도가 지금 대표님의 기가스 컴퍼니로 인해 큰 위기에 봉착해 있습니다."

정일환이 비장한 투로 그렇게 말하며 뜨거운 눈빛으로 혁준을 보았다.

하지만,

"그래서요?"

혁준은 시종일관 시큰둥하기만 했다.

어차피 호응을 기대하진 않았다.

정일환은 그런 것에는 아랑곳하지 않고 말했다.

"도와주십시오!"

"……."

"말씀드렸다시피 현도가 무너지면 한국 경제가 무너집니다. 그렇게 되면 당장 현도에 밥줄을 걸고 있는 수십만 명이 거리로 나앉게 됩니다. 그걸 막을 수 있는 것은 대표님의 기가스 컴퍼니뿐입니다."

"정말 이해할 수가 없네요. 현도가 기가스 컴퍼니로 인해 위기에 봉착했다는 것도 이해가 안 되고 그런 현도의 위기를 우리가 막을 수 있다는 것도 이해가 안 되네요. 현도 같은 세계 굴지의 기업을 어떻게 우리 기가스 컴퍼니 같은 작은 회사가 도울 수 있다는 건지……."

혁준이 짐짓 능청을 떨자 정일환이 다급히 말했다.

"우리 현도와도 기술제휴를 맺어주십시오."

"기술제휴라니… 대체 어떤 걸……?

"어떤 거라도 상관없습니다!"

"……?"

"기가스 컴퍼니가 우리 현도와도 기술제휴를 맺었다는 그 사실 하나면 됩니다!"

그렇다.

그거 하나면 충분했다.

그거 하나면 바로 바닥으로 떨어진 주식이 반등을 시작할 것이고 그리되면 굳게 닫힌 은행들의 주머니도 다시 열릴 것이다.

어처구니없는 일이지만 현도가 이렇게까지 위기 상황에 내몰린 것도 경쟁사들이 기가스 컴퍼니와의 기술제휴를 통해 현도의 기술을 능가하는 제품들을 개발했다는 것도 있지만, 그 못지않게 기가스 컴퍼니의 기술제휴 대상에서 현도가 철저히 외면당했다는 사실이 여론을 불안케 하고 있었다.

'기가스 컴퍼니로부터 외면을 받는 이상 현도에겐 미래가 없다' 라는 인식이 시장 전반에 영향을 미치고 있는 것이다.

그것이 현재 기가스 컴퍼니란 이름이 가지는 힘이었다.

그리고 정일환은 지금 혁준에게 그 힘을 빌려달라 말하

고 있는 것이었다.

생각해 보면 역시 이 상황이 아직도 황당하기만 한 정일환이다.

아직까지도 혁준이 그런 놀라운 기술력을 가지고 있었다는 게 믿기지 않았다.

물론 아예 생뚱맞은 것은 아니었다.

AMD 전자제어칩.

사실 현도의 기술진들에게 AMD 전자제어칩의 회피 설계를 맡겼을 때 기술진들은 공기조화 제어장치보다 AMD 전자제어칩이야말로 정말로 대단한 특허품이라고 했다. 그 속에 집약되어 있는 진보된 기술력은 실로 믿기지 않는 것이라고도 했다.

하지만 무시했다.

정일환은 공기조화 제어장치를 얻는 것에만 몰두해 있었기에 그런 의견은 귀에 들어오지도 않았다. 그건 그것을 개발한 세 명의 기술이사라는 자들에 대한 무시와 편견도 한몫했다.

그런데 지금 와서 돌이켜 보니 그조차도 빙산의 일각에 지나지 않았다.

혁준이 가진 기술력이란 것은 그 세 명의 기술이사가 전부가 아니다.

아무리 희대의 천재라고 해도 고작 세 명이서 수많은 분야의 그 많은 특허들을 마치 국숫발 뽑듯 뽑아낼 수 있을 리가 없다.

세 명의 기술이사 외에도 더 있을지도 모른다.

어딘가에.

그 같은 천재들이.

그 외에는 지금 벌어지고 있는 일들을 설명할 방법이 없다.

'생각이 짧았어.'

차라리 그때 공기조화 제어장치에 초점을 맞출 게 아니라 기술진의 말대로 AMD 전자제어칩에 더 관심을 가졌더라면, 그 기술력에 좀 더 흥미를 가졌더라면, 그리해 한성진이 아니라 혁준을 품으려고 했다면 현도는 지금, 위기가 아니라 제2의 도약을 시작했을 것이다.

결국 그때도 한 줌도 안 되는 자존심 때문에 한 치 앞을 내다보지 못했다. 그저 현도를 깔본 것에 대한 분풀이에만 급급해서 눈앞에 있는 다시없을 보물 상자를 놓치고 말았다. 그리고 그 대가를 지금 이렇게 톡톡히 치르고 있는 것이었다.

하지만 후회를 해본들 때는 늦었다.

이제는 현 상황에서 최선의 살길을 모색하는 수뿐이다.

정일환은 한층 진지하고 결연한 표정으로 혁준을 보았다.

"다른 기업과의 기술제휴 조건이 대략 매출의 15퍼센트라고 알고 있습니다."

터무니없는 조건이다. 하지만 그 터무니없는 조건에도 각 기업이 계약서에 사인을 해야 했을 만큼 기가스 컴퍼니가 뿌려대는 기술 또한 터무니없는 것들이었다.

더구나 현도는 당장 목숨 줄이 간당간당한 지경이었다.

가진 걸 다 내어놓더라도 어쩔 수 없다.

터무니없는 조건에 더욱 터무니없는 조건을 내거는 한이 있더라도 지금은 일단 살고 봐야 했다.

"기가스 컴퍼니가 우리 현도와 기술제휴만 맺어준다면 거기에 통상적인 계약금도 같이 얹어 드리겠습니다. 아니, 통상적인 계약금의 두 배를 더 드리겠습니다!"

그건 단지 이익을 포기하는 정도가 아니었다.

기가스 컴퍼니와 손을 잡을 수만 있다면 이익은커녕 막대한 손해도 감수하겠다는 뜻이었다. 그건 자칫하면 현도 그룹을 뿌리째 흔들 수도 있는 위험천만한 배팅이었다.

"매출의 15퍼센트에 더해서 통상적인 계약금의 두 배를 더 주시겠다구요?

그건 혁준에게도 예상 밖의 제안이었다.

시종일관 시큰둥하기만 했던 혁준의 얼굴에 살짝 놀란 빛이 스쳐 갔다.

정일환은 그걸 놓치지 않고 바로 말을 받았다.

"대표님과 저 사이에 묵은 감정이 있고 그로 인해 저에 대한 인식이 좋지 못하다는 것도 잘 알고 있습니다. 하지만 이건 어디까지나 사업이 아닙니까? 사적인 감정은 잠시 옆으로 제쳐 놓고 회사의 이득을 먼저 생각하는 것이 사업하는 사람의 마땅한 책무가 아니겠습니까? 기가스가 저희 현도와 손을 잡기만 한다면 비단 계약만이 아니라 모든 협력 관계에 있어 타사와는 비교도 안 되는 훨씬 더 나은 조건을 약속드리겠습니다!"

정일환이 쐐기를 박듯 그렇게 말을 맺었다.

그런 정일환을 얼마 동안 지그시 바라보고만 있는 혁준이다.

그러다,

"이거 참……."

뭔가 무안하다는 듯 혀를 차며 뒷머리를 긁적인다.

그때까지도 정일환은 추호도 의심치 않았다.

그가 내건 조건은 누구라도 거절하기 힘든 유혹일 테니까 말이다.

하지만 이어서 흘러나오는 혁준의 말은 그의 예상과는

전혀 다른 것이었다.

"다 좋은데 말입니다."

"……"

"매출의 15퍼센트도 좋고 통상 계약금의 두 배도 좋고 보다 나은 협력 관계도 다 좋은데 말입니다. 근데 왜 자꾸 묵은 감정 묵은 감정 그러시는 겁니까?"

지금 혁준의 눈에 담긴 것은 노골적인 불쾌감이었다.

혁준은 그 노골적인 불쾌감으로 정일환을 마주 보며 어이없다는 듯 말했다.

"묵은 감정을 잠시 제쳐 놓으라니? 저한테는 아직도 생생하게 살아 있는 감정입니다. 지금 제 안에선 그날의 배신감과 치욕이 아직도 용광로처럼 펄펄 끓고 있는데 뭘 어떻게 제쳐 놓으라는 겁니까? 지금 정 사장님께서 제게 하셔야 할 말씀은 그딴 게 아니라 먼저 지난 일에 대한 사과가 아닙니까? 과거 청산은 뒷전이고 앞만 보자고 하는 건 대체 무슨 논리입니까? 저기 섬나라 원숭이들이나 해대는 작태를 대현도의 후계자께서 하고 계시니… 저는 이런 비상식적인 분과는 더 길게 이야기 나누고 싶지도 않고, 이런 비상식적인 회사와는 기술제휴를 맺고 싶지도 않습니다. 그러니 그만 돌아가 보세요. 분명히 말씀드리는데 현도와의 기술제휴는 절대로 없습니다! 지금도, 앞으로도, 어떠한 경

우라도 현도와는 손을 잡지 않을 것입니다. 제 말, 아시겠
습니까?"

그러고는 그대로 일어나 창가로 가서 냉정히 등을 돌려
버리는 혁준이었다.

그리고 그 순간 정일환의 얼굴은 처참하게 일그러지고
있었다.

제21장

현도그룹

혁준은 창문 밖으로 힘없이 회사 건물을 나가고 있는 정일환을 보고 있었다.

'흥! 아직도 챙길 자존심이 남아 있으시다?'

그 앞에 무릎이라도 꿇을 것처럼 달려와 놓고 막상 상대가 혁준이란 걸 알게 되자 현도가 무너지면 한국 경제가 무너진다느니 수십만 명이 길거리에 나앉게 된다느니, 가당치도 않게 자존심을 세우며 그런 걸로 흥정을 해온다.

현도가 무너져도 한국 경제는 무너지지 않는다.

기가스 컴퍼니와 기술제휴를 맺은 기업들이 그 빈자리를

충분히 메워줄 테니까.

수십만 명이 거리에 나앉을 일도 없다.

현도의 빈자리를 메운 기업들의 부피가 커진 만큼 일자리도, 필요한 하청 업체도 늘어나게 될 테니까.

게다가,

'지들이 잘못해서 생긴 일을 얻다가 덤터기를 씌우려 들어?'

애당초 그를 건드린 것부터가 잘못이었다.

자신들보다 힘이 없다고 사람을 아주 벌레 보듯 하며 아무렇지 않게 뺏고 부수고 짓밟아댄 그 작태가 이 모든 일의 원인이었다.

믿었던 사람으로부터 등에 칼을 맞게 해놓고, 철철 피 흘리고 있는 그 앞에서 히죽거리며 개념이 없다느니 멍청하다느니 하며 한껏 비웃어대던 그 치 떨리는 기억이 아직도 생생하기만 한데, 감히 그런 그 앞에서 묵은 감정 운운하며 흥정이나 해대고 있었던 것이다.

"아직도 정신을 못 차렸다면 좀 더 정신을 차리게 해줘야지."

혁준이 수화기를 들었다.

"차 실장님."

"예, 대표님."

"명우SDS랑, SJ엔지니어링, 경일모직, 정일기획, 그리고 현도와 경쟁 관계에 있는 해외 바이어들까지 모두 내일 만나볼 테니까 그렇게 약속을 잡아줘요."

"예, 알겠습니다."

딸칵—

그렇게 차유경에게 지시를 하고는 수화기를 내려놓은 혁준이 비릿하게 입꼬리를 말아 올렸다.

"흥! 언제까지 고고한 척할 수 있는지 한번 두고 보자고. 아주 씨를 말려 버릴 테니까."

*   *   *

사실 정일환으로서는 억울한 마음이 없잖아 있었다.

그 딴에는 정말이지 자존심이고 뭐고 다 버리고 나간 자리였다.

그 자리에서 만난 사람이 혁준만 아니었다면 그는 현도를 위해 훨씬 더 낮은 자세로 도움을 청했을 것이다.

하지만 불행하게도 혁준을 만났다.

당황했다.

당혹스럽기도 했다.

그 바람에 처음 가졌던 각오와 결의가 와르르 무너져 버렸다.

그럼에도 그는 마음을 다잡았었다.

어떻게든 혁준의 마음을 돌리기 위해 그가 할 수 있는 최선을 다했다.

그러나 생각과 마음은 항상 똑같이 움직이지는 않는 법이었다.

그랬다.

돌이켜 생각해 보면 혁준을 본 순간 자신도 모르게 깔보는 마음이 생겨 버린 것 같다.

그래서 처음 의도했던 것과는 다르게 조금은 고자세가 되었던 것도 같다.

그래서 묵은 감정 운운하고 사업하는 사람의 책무를 들먹이며 몸에 익어버린 습관처럼 자기도 모르게 건방을 떨어버렸다.

결국 그것이 마지막 남아 있던 한 줌의 희망마저도 날려버렸다.

혁준이 현도와는 절대로 거래를 하지 않겠다며 냉정히 등을 돌려 버린 후에야 자신의 실수를 깨달은 그였다.

하지만 그때는 이미 돌이킬 수 있는 상황이 아니었다.

혁준의 돌려진 등이, 단단하게 둘러쳐진 그 차갑고도 두꺼운 벽이 이미 늦어버렸음을, 어떤 걸로도 그의 마음을 돌릴 수가 없게 되었음을 너무도 분명하게 말해주고 있었다.

걸음을 돌릴 수밖에 없었다.

무릎을 꿇기에도, 엎드려 빌기에도 너무 늦었다.

오히려 혁준의 심기만 더 불편하게 할 뿐이었다.

'대체 어쩌다가 일이 이렇게까지 돼버린 거야?'

돌이켜보면 이 모든 게 동생 정철환 때문이었다.

'그 녀석이 한진테크의 일만 제대로 처리를 했으면 권혁준 그 애송이와 이렇게 더럽게 얽힐 일도 없었잖아!'

그런 일 하나 제대로 처리 못 한 정철환도 원망이 되고 한 치 앞도 내다보지 못하고 거기에 휩쓸린 스스로에게도 화가 난다.

그렇게 아무 소득 없이 자신의 사무실로 돌아온 정일환은 사무실 안에서 낯익은 얼굴 하나를 마주하고는 그 즉시 얼굴을 구겼다.

"한 사장님이 여긴 어쩐 일이십니까?"

그렇게 묻는 말투 또한 사무적이고 딱딱했다.

그의 사무실에서 그를 기다리고 있던 낯익은 얼굴은 한성진이었다.

반가울 리가 없었다.

물론 어디까지나 한성진을 부추기고 꼬드긴 것은 그였지만, 한성진도 어찌 보면 피해자라면 피해자일 수 있었지만 그런 걸 일일이 따져서 책임의 경중을 논할 만큼 지금 그의 정신 상태가 평화롭지가 못했다.

지금 그의 눈에는 한성진 역시도 현도의 위기를 초래하게 한 원인 제공자일 뿐인 것이다.

"한진테크에서 오늘 공기조화 제어장치에 관련해서 특허출원을 냈습니다."

"그래서요?"

"가열기를 이용해서 온도 관리를 가능하게 한 특허입니다."

"그래서요?"

"제가 만든 것은 더 이상 시장성이 없어져 버렸습니다."

"그러니까 그래서요?"

"AMD 전자제어칩을 대체할 것이 완성되는 대로 현도에서 제 기술을 사주시기로 한 약속, 아직 유효한 겁니까?"

결국 한성진이 그를 만나러 온 것은 그 때문이었다.

그럴 만도 했다.

정일환이 공기조화 제어장치 특허권을 한성진에게 양도받는 조건으로 약속한 금액이 천이백억이었다.

거기다 소득의 일정 부분도 러닝개런티로 약속했다.

한성진이 혁준의 등에 칼을 꽂은 것도 결국 그 때문이었다.

한진테크를 아무리 열심히 키워봐야 결국은 혁준의 배만 불리는 것밖에 되지 않는다는 정일환의 계속된 꼬드김과 그런 엄청난 배팅에 홀라당 넘어가서 혁준의 등에 칼을 꽂았던 것이다.

그런데 상황이 달라졌다.

현도는 흔들리고 자신의 특허권은 상품성을 잃었다.

당장 정일환을 만나서 확답을 받아두지 않으면 불안해서 견딜 수가 없을 지경이었다.

하지만 그건 어디까지나 한성진 개인 사정일 뿐이었다.

"약속?"

가뜩이나 여러 가지로 골치가 아파 죽을 지경인 판국에 한성진까지 와서 옆에서 신경을 긁자 짜증이 확 치밀어 올랐다.

그는 그 즉시 전화기를 들었다.

"어, 김 부장. 지금 진주 연구소에서 개발 중인 물건 있지? 그래, AMD 전자제어칩. 그거 지금 당장 중단시켜!"

"…지금 뭐하시는 겁니까?"

정일환이 하는 양을 우두커니 지켜보던 한성진이 놀란 눈을 부릅뜨며 물었다.

정일환은 당연한 거 아니냐는 듯 대답했다.

"당신 말대로 당신 기술 그거 이제 상품성이 없어졌다

며? 그럼 AMD 전자제어칩도 더 이상 개발할 필요가 없어진 거 아냐?

"지금 계약 위반이라도 하시겠다는 겁니까?"

"무슨 소릴 하는 거야? 계약 위반? 우리 계약이란 게, 'AMD 전자제어칩을 대체할 것이 완성되는 대로'라는 거 아니었어? 그래서 지금 중단시켰잖아? 그러면 아무 문제 없는 거 아냐?"

"……"

"이봐요, 한 사장님. 당신한테 준 계약금은 차치하고 지금까지 들어간 개발비만 해도 우리가 얼마나 손해를 본 줄 알아? 상품성도 없는 그따위 물건에 나더러 돈을 더 쓰라는 거야? 사람이 염치가 없어도 정도가 있지, 우리 현도가 당신 하나 때문에 얼마나 곤경에 처해 있는지 알기나 해?"

"……"

"계약금은 돌려달라고 안 할 테니까 더 이상 사람 귀찮게 하지 말고 여기서 당장 꺼져!"

모름지기 사람이란 게 화장실 들어갈 때 다르고 나올 때 다르다지만 마치 입안의 사탕처럼 굴던 정일환이 이렇게 태도를 돌변시킬 줄을 꿈에도 몰랐다.

한성진이 그렇게 당혹감과 억울함과 분노로 도무지 무슨 말을 해야 할지 갈피를 잡지 못하고 있을 때였다.

따르르르릉— 따르르르릉—

전화벨이 울렸다.

딸칵.

정일환이 신경질적으로 수화기를 들었다.

하지만 수화기 너머로 귀에 익은 노회한 목소리가 들려 온 순간, 그는 그 자리에 그대로 얼어붙고 말았다.

"정 사장. 나 좀 보지."

"네… 회장님."

현도그룹 회장 정필연.

그의 아버지였던 것이다.

드디어 올 것이 왔구나 하는 느낌이었다.

어차피 겪어야 될 일이었다.

가능하면 자신의 선에서 해결을 보려 했지만 기가스 컴 퍼니를 나온 순간부터 그가 할 수 있는 일은 아무것도 없었 다.

현도를 살릴 유일한 방법은, 그리고 그가 기댈 수 있는 유일한 사람은 결국 지금의 현도 제국을 일으키고 완성시 킨 철의 제왕 정필연뿐이었다.

정일환은 전화가 끊기자마자 뛰듯이 하며 사무실을 나갔 다.

그런 그의 눈에는 한성진의 존재는 이미 들어오지도 않

았다.

그렇게 정일환마저 나가 버린 그 사무실에는 한성진만이 덩그러니 남겨져 있었다.

하지만 그렇게 정일환의 배신으로 망연자실해 있는 한성진에게 닥친 불행은 거기에서 끝이 아니었다.

*　　　*　　　*

"어떻게 된 게야?"

날카롭고 그러면서도 위압감이 철철 넘치는 눈빛이 그대로 정일환을 향했다.

정일환은 그저 고개만 푹 숙이고 있었다.

어떻게 된 거냐는 그 질문에 차마 입이 떨어지지가 않았다.

이 모든 게 사실은 자신의 잘못된 판단으로 인해 빚어진 일이란 걸 차마 말하기가 어려웠다.

"기가스 컴퍼니에서 왜 우리와는 기술제휴를 하지 않겠다는 거냐고 지금 묻지 않아!"

결국 정필연이 버럭 화를 냈다.

젊을 때는 불도저라는 별명이 붙었을 만큼 혈기 방장하고 다혈질에다가 불같은 성정을 가진 사람이었다.

하지만 예순이 넘은 이후로 이렇게 화를 내는 걸 본 적이 없었다. 오히려 지나치게 차가워져서 어떤 일에도 크게 동요를 보이지 않던 정필연이다.

그만큼 지금 정필연은 화가 많이 나 있는 것이다. 그건 또한 현도가 그만큼 어려운 상황이라는 뜻이기도 했다.

숨긴다고 숨길 수 있는 일이 아님을 안다.

정필연이 마음만 먹으면 혁준과의 사이에서 있었던 일쯤 알아내는 건 일도 아니었다.

그리해 정일환은 차마 떨어지지 않는 입을 열어 혁준과 있었던 지난 일과 오늘의 불쾌하고 굴욕적이었던 면담 내용을 빠짐없이 토설했다.

그 모든 걸 다 듣고 난 정필연의 반응은 그의 생각과는 조금 다른 것이었다.

불같이 화를 내며 그를 질타할 줄 알았더니 어이없다는 듯 주름 가득한 미간을 찌푸린다.

"뭐야? 고작 그런 일로 이런 엄청난 일을 벌이고 있는 거란 말이냐?"

정일환을 탓하기보다 오히려 혁준의 행동을 나무란다.

그 역시 현도의 인간인 것이다.

약한 자들은 당연히 현도를 위해 거름이 되고 양분이 되어야 한다는 지론을 가진, 그게 현도를 위하는 길이고 현도를 위하는 길이 곧 이 나라를 위하는 거라는 편협하고 거만한 생각을 가진, 그 과정에서 조금 편법이 있거나 부당한 일이 일어나거나 억울하게 고통을 당하는 사람이 생기는 것쯤은 안중에도 두지 않는 그렇고 그런 재벌 말이다.

한성진으로부터 한진테크를 빼앗으려고 한 정철환도, 혁준으로부터 한성진을 빼앗아 간 정일환도 결국 보고 배운 게 그런 거였던 것이다.

"어린애로구만."

정필연이 툭 던지듯 그렇게 말했다.

"속으로 꿍해서 무슨 생각을 하는지 모르는 상대보다는 차라리 어린애가 낫지. 울고 떼쓰는 어린애 다루는 법이야 둘 중 하나니까. 하나는 더 무섭게 혼을 내서 못 울게 하거나 아니면 사탕을 입에 물려줘서 입을 다물게 하거나."

"……"

"들어보니 더 무섭게 혼을 낸다고 울음을 그칠 아이는 아닌 것 같고… 사탕을 물려줘서 살살 달래는 수밖에."

"……?"

"모르겠어?"

정필연의 속뜻을 제대로 캐치 못 한 정일환이 곤혹스러워하며 고개를 떨어뜨렸다. 그런 정일환을 보며 정필연이 혀를 끌끌 찼다.

'아직 멀었어.'

지금까지 한 번도 실망을 시킨 적이 없는 장남이었다.

늘 기대치의 120퍼센트를 충족시켰었다.

정철환을 본사로 불러들여 후계 경쟁을 시킨 것도 어디까지만 정일환을 담금질하기 위한 것일 뿐, 마음속으로는 일찌감치 그를 후계자로 내정해 놓은 상태였다.

심지어 승계 작업에 5년을 안 넘길 계획까지 세워두고 있었다.

그런데 이런 상황이 되고 보니 아직은 못 미덥다는 생각이 들었다.

평소 같으면 자신의 말을 못 알아들을 정일환이 아니었다. 아니, 그가 말을 하기도 전에 이미 작업에 착수하고 있어야 했다.

정일환이 평소 같지 않은 것은 그만큼 현도를 이 지경까지 몰고 온 심리적인 책임감 때문이었다.

지금 정일환의 정신 상태가 그만큼 몰릴 대로 몰려 있는 것이다.

'장차 현도를 이끌어야 할 녀석이 고작 이 정도에 흔들려서야 어디⋯⋯.'

마냥 든든하게만 보이던 아들이 이제는 마냥 못 미덥게만 보인다.

결국 자신이 직접 나서기로 했다.

아들의 후계 수업이나 시키고 있기에는 지금 현도가 처한 상황이 그리 여유롭지가 못했다.

전화기를 들었다.

"김 실장. 내 방으로 좀 오지."

그러고 나서 대략 30초쯤이 지났을 때 정필연의 방으로 50대 중반의 사내가 들어왔다.

비서실장 김성일. 지난 30년간 정필연을 수족처럼 보필해 왔던 사람이었다.

"한성진 말이야, 걸 수 있는 게 꽤 많을 거 같은데… 배임죄나 계약 위반 같은… 사기죄도 괜찮고. 아무튼 걸 수 있는 건 싹 다 걸어봐. 최대한 빠른 시간 안에."

"예."

정필연의 지시는 그것이 전부였다.

김성일이 정필연의 지시를 받고는 이내 사무실을 나가자 정필연이 정일환에게 가르치듯 말했다.

"지금 그 아이가 가장 원하는 것이 뭘 것 같은가? 현도에 대한 복수? 현도의 진심 어린 사과? 아니지. 우리 현도는 그저 들러리일 뿐, 이건 어디까지나 한성진과 그 아이 사이의 일이란 말이야. 그 아이의 등을 친 건 현도가 아니라 바로 한성진 그자니까. 하면 어떤 걸 가장 원하겠나?"

"······."

"결국 그 아이가 가장 원하는 건 한성진이란 말이지. 그럼 당연히 한성진을 내어줘야지. 가능하면 가장 확실하고 분명한 방법으로. 협상은 그때부터가 시작인 거고."

제22장

현도와의 전쟁

눈이 많이 내렸다.

아침부터 내린 눈이 저녁이 되어서야 그쳤다.

"으차차차차차!"

혁준이 의자에 앉아 한껏 기지개를 켰다.

몸은 전혀 피로하지 않은데 역시 사람을 상대하는 일이
다 보니 정신적으로 너무 지친다.

특히 오늘은 더 그랬다.

차유경이 미국 현지에 새로 건립할 기술 단지 일로 출장
을 간 때문이었다.

이왕 미국에 법인을 세운 김에 그저 이름뿐인 법인으로 두지 말고 미국에서도 한번 제대로 해보자는 생각이었다.

그러자면 여러 가지 복잡한 행정 처리는 물론이고 부지도 알아봐야 하고 기술진도 선별해야 했다. 그 모든 일을 믿고 맡길 만한 사람은 차유경밖에 없었다.

그러니 장기 출장은 불가피했다. 해서 새로 비서를 뽑긴 했지만 역시 바이어들을 하나하나 관리하고 분류해 주던 차유경이 없으니 여러 가지로 불편한 것이 사실이었다.

'그냥 비서로 두기엔 능력이 아깝고 그렇다고 밖으로 돌리자니 내가 아쉽고. 이거 참⋯⋯.'

아니, 능력도 능력이지만 그동안 차유경에게 너무 길들여진 건 아닌가 돌이켜 보게 된다.

어쨌든 그렇게 오늘의 일과를 모두 마친 혁준은 회사를 나와 곧장 집으로 차를 몰았다. 집 근처에 도착한 혁준은 아직 제설이 되지 않아 지저분한 골목길 한편에 벤츠를 댔다.

차에서 내리는 혁준의 옷차림은 추운 날씨임에도 홑겹의 가벼운 슈트 차림이었다.

당연하다면 당연하고 신기하다면 신기한 일이지만 신체 능력이 업그레이드되면서 추위도 더위도 잘 못 느끼는 체질이 되었다.

신체 능력도 점점 좋아져서 마라톤이든 백 미터 달리기든 이젠 정말 입으로 꺼내는 것조차 황당할 정도의 기록을 냈다.

바보 삼형제의 말대로 그의 뇌가 점점 한계점을 풀고 있는 느낌이었다.

문득 그런 생각이 들었다.

'양자이동장치가 양자이동이 아니라 진짜로 타임머신이었다면 어땠을까?'

타임머신으로 1시간 전의 자신을 만난다면, 또 그걸 무수히 반복한다면……

'그럼 드래곤볼의 손오공과도 맞짱 뜰 수 있지 않을까?'

유치한 생각이지만 아예 허황된 것만은 아니다.

자신의 신체 변화가 일심성공존불가의 법칙 때문임은 이미 성재를 통해서도 증명이 되었다.

그의 부모님 앞에서는 최대한 아기 흉내를 내고 있었지만 자신들 앞에서 보여주는 녀석의 움직임이란 것은 도무지 두 돌도 안 지난 갓난아기의 움직임이 아니었다.

혼자서 달리기가 가능한 것은 물론이고 심지어 고양이처럼 민첩하고 빨랐다.

무거운 공구를 번쩍번쩍 들어 올릴 때면 마치 슈퍼맨의 한 장면을 보는 것 같기도 했다.

그러니 타임머신으로 과거의 무수한 자신과 합체를 하게 되면 손오공인들 상대 못 하겠는가.

'나… 좀 유치하나?'

그래. 뭐, 이것도 스무 살의 자아 탓으로 해두자.

아무튼 그렇게 유치한 공상을 하며 눈길을 사박사박 걷다 보니 어느덧 집 앞이다.

현도와의 전쟁으로 눈코 뜰 새 없이 바쁘게 지내다 보니 고등학교를 졸업하고 벌써 일 년이 훌쩍 지났다.

그사이 수진이는 월반을 하고 카이스트 입학이 확정됐고, 미국으로 유학을 떠났던 어머니는 돈 잘 버는 아들의 든든한 학비 지원 속에 프랑스로 2차 유학을 떠나 아버지의 한숨을 더 짙게 만들었다.

혁준의 자산은 이젠 스스로도 다 헤아리지 못할 정도가 되었다.

그럼에도 그의 낡은 집은 여전히 그대로다.

더 크고 좋은 집으로 옮기자고 했지만 홍석의 반대에 막혔다.

그와 수진이가 태어난 집이라며 리모델링조차 허락지 않았다.

혁준이 그 낡은 집의 문을 열고 안으로 들어가자 수진이가 쪼르르 달려 나오며 호들갑스럽게 물었다.

"오빠 오빠, 오빠도 한진테크 한성진 대표 알지?

수진이의 입에서 그 이름이 나올 줄을 생각도 못했다.

한진테크나 한성진에 대한 이야기는 가족들에게 한 번도 한 적이 없었다.

혁준이 어리둥절한 표정으로 되물었다.

"니가 그 사람을 어떻게 아는데?"

수진이가 뭘 당연한 걸 묻느냐는 투로 말했다.

"왜 몰라? 그 사람 우리 광주과고 출신이잖아. 작년 학교 축제 때는 동문 대표로 연설까지 했는데?"

전혀 몰랐던 사실이다.

"근데 그 사람은 왜?"

"그 사람 지금 난리 났어. 저 봐. 뉴스에도 나오고 있잖아."

수진이가 텔레비전을 가리켰다.

[전 한진테크 사장 한성진 씨, 사기 및 배임 등 특허법위반혐의로 전격 구속!]

"한때 벤처기업의 신화를 썼던 전 한진테크 사장 한성진 씨는 기가스 테크놀로지와 공동 명의로 되어 있던 특허 지분을 독차지하기 위해 주변 인물들과 공모해 심신상실 등 거짓 이유를 들어 특허 지분을 가로챈 혐의를 받고 있습니다. 그뿐만 아니라 한 씨는 그렇게 독차지한 특허권으로 현도자동차에 기술 양도를 제의, 계약금 120억 원을 받은 후 고의적으로 잠적했다가 계약 위반에 따른 현도자동차의 고소, 고발이 있은 후 경기도 안양 인근에서 경찰의 불심검문에 걸려 체포된 것으로 알려졌습니다. 한편 검찰에 따르면 한때 부도 위기에 몰렸던 한진테크가 그 위기를 벗어날 수 있었던 것은 모두 한 씨의 동업자 기가스 테크놀로지 대표 권 모 씨의 도움이 있었기에 가능했던 것이며 그런 권 모 씨에게서 특허 지분을 빼앗은 한 씨의 행태는 실로 배은망덕하고 악질적인바, 검찰은 단호하고 엄중한 처벌로 이 시대 무너져 가는 도덕성에 경종을 울릴 것이라고 선포했습니다."

"진짜 사람 속은 모르는 건가 봐. 축제 때 보니까 사람 진짜 성실하게 보이던데… 학교 설문에선 가장 존경하는 선배 1위도 했었고. 학교의 자랑이었던 사람이 저렇게 나쁜 사람이었을 줄 어떻게 알았겠어?"

TV에서 흘러나오는 아나운서의 말에 어이없어하는 수진이다.

그 사이 TV에서는 모자이크 처리된 한성진이 수갑에 채워져 경찰서로 끌려 들어가는 장면이 나왔다.

"……."

그 장면을 보니 기분이 묘했다.

이 난데없는 상황이 어리둥절하기도 했고 또 뭔가 좀 허탈하기도 했다.

그도 그럴 것이, 공기조화 제어장치의 업그레이드 버전을 내놓은 것은 어디까지나 일차적인 공격에 지나지 않았다.

한성진의 완벽한 파멸을 위해 준비해 놓은 것이 아직도 많이 남아 있었다.

그런데 그렇게 준비한 것들이 다 무용지물이 되어버린 것이다.

'뭐가 어떻게 된 거야?'

손 안 대고 코 푼 것이 전혀 반갑지 않았다.

똥 누고 뒤를 안 닦은 것 같은 찝찝함뿐이다.

특히 기사의 한 대목이 귀에 거슬렸다.

'계약금 120억을 받고 고의적으로 잠적한 건 뭐고, 현도 자동차의 고소, 고발이 있었다는 건 또 뭐야?'

한성진이 고작 120억 원이 탐나서 그의 뒤통수를 그렇게 후려갈겼을 리가 없었다. 더구나 기술 양도가 조건이었다면 120억은 말 그대로 계약금일 뿐일 것이다. 그런데 고작 계약금만 받고 고의적으로 잠적했다는 건 도무지 말이 안 되는 일이다.

한성진의 기술이 탐나서 그런 공작까지 한 현도에서 생뚱맞게 고소, 고발까지 했다는 것도 전혀 납득이 되지 않는 일이었다.

'시기도 공교롭고……'

그기 한진테크를 통해 공기조화 제어장치의 독자적이고 업그레이드된 버전을 내놓자마자 이런 일이 생겼다. 다시 말해 한성진이 가진 특허권이 쓰레기가 되어버린 직후에 이런 일이 벌어졌다는 것이다.

바로 감이 왔다.

'현도에서 또 수작을 부린 거로군.'

쓸모가 없어졌으니 버렸다.

괜히 계약 운운하며 시끄럽게 굴기 전에 그렇게 먼저 밟아버린 것일지도 모른다.

'어차피 그 인간들이 하는 작태야 뻔하니까.'

결론이 거기에 이르자 기분은 더 나빠졌다.

자신의 손으로 응징하고 싶었다.

한성진이 처참하게 몰락하는 모습을 상상하며 더욱 더 치밀하게 복수를 준비했다.

그런데 그렇게 준비한 모든 것이 지금 이 순간 물거품이 되어버린 것이다.

그것도 그에겐 한성진과 다를 바 없는 현도로 인해.

다시 말해 현도로 인해 믿음에 배신당했고 현도로 인해 복수의 기회도 잃은 것이다.

생각하니 짜증이 확 치밀었다.

그런 한편으로 이렇게 어이없이 몰락한 한성진이 한심하기 그지없었다.

'기껏 악마한테 영혼을 팔았으면 제대로 나쁜 놈이 되어서 내 앞에 나타나든가. 그래야 밟는 맛이라도 나지. 뭐야 이게? 고작 이렇게 내쳐질 거면서 뭐하러 내 등엔 칼을 꽂아?'

괜히 더 울컥 화가 나는 것을 보면 그래도 아직 작으나마 애증은 남아 있었나 보다.

물론 그런 마음이 든다는 것 자체가 더 불쾌했지만 말이다.

그런데 다음 날이었다.

"나, 현도의 정필연일세."

정필연에게서 연락이 왔다.

혁준은 적잖이 놀랐다.

현도그룹을 아예 말살시켜 버리기로 작정한 마당이었고, 그러니 언젠가는 그와 대면할 일이 생길 거라고 예상은 하고 있었다.

하지만 막상 그 이름을 들으니 심장이 쿵 하고 내려앉는 듯한 느낌이었다.

그건 두려움이나 위축됨이 아니라 시대의 거인에 대한 본능적인 경외심 같은 것이었다.

혁준은 마음을 차분히 하고 대답했다.

"권혁준입니다."

"오! 자네가 그 소문도 자자한 기가스 컴퍼니의 대표시로군."

수화기 너머에서 들려오는 목소리는 대뜸 반말이었다.

그럼에도 별로 기분 나쁘게 들리지 않는다.

아니, 늘 그렇게 들었던 것처럼 혁준 스스로도 그걸 당연시하며 듣게 된다.

"내 권 대표 얘기는 많이 들었네. 내 아들 놈이 권 대표에게 큰 결례를 범했다더군. 내가 대신 사과를 함세. 다 내가 너무 일에만 매달리다 보니 자식 놈 교육을 잘못 시켜서 그런 거네. 권 대표가 이해해 주시게."

"……"

"그래서 말이네, 내가 자네에게 사과의 의미로 선물을 하나 준비했는데 확인은 했는가?"

"선물이라시면……?"

"아직 기사를 못 봤나 보군. 내 특별히 '박.검.사.'에게 일러서 자네 이름도 언급하라고 했었는데 말이야."

순간, 혁준의 뇌리를 스쳐 가는 것이 있었다.

"혹시 한성진 대표 말씀이십니까?"

"그렇지. 그래, 자네도 보았구만. 허허허, 어떤가? 그 정도면 그래도 내 진심 정도는 어느 정도 표현이 되었다고 생각을 하는데……."

혁준은 순간 정신이 번쩍 드는 기분이었다.

'그러니까 한성진이 그저 쓸모가 없어져서 버린 게 아니라는 건가? 그래도 한때 현도가 품었던 사람인데… 고작 나한테 잘 보이려고 그렇게 매몰차게 내쳤다고?'

정필연은 그것이 혁준에게 성의 표시로 보이길 바란 모양이지만 지금 혁준이 느끼는 감정은 그것과는 정반대였다.

목적을 위해서는 수단과 방법을 가리지 않는다.

그건 지난날 정철환이 한성진에게 했던 짓과도 같았고 정일환이 자신에게 했던 짓과도 크게 다르지 않았다.

'그 아비에 그 자식이라는 거로군.'

뭔가 현도라는 실체를 이제야 제대로 보게 된 것 같은 기분이었다.

이런 사고를 가진 인간이 철의 제왕이라 불리며 현도에

군림하고 있으니 가진 힘으로, 가진 돈으로, 가진 권력으로 얼마나 많은 사람을 절망케 했겠는가.

정필연이란 이름에 가졌던 경외심이 차갑게 식어버리는 느낌이다.

그런 한편으로 박 검사라는 말을 강조한 이유도 바로 알아차렸다.

자신이 마음만 먹으면 검찰 정도는 얼마든지 움직일 수 있다는 힘의 과시였다.

'그래, 결국 이런 족속들인 거지.'

조금 전 정필연의 사과에 잠시나마 흔들렸던 마음도 아예 돌처럼 딱딱하게 굳었다.

그때 혁준의 그 같은 심경 변화를 눈치채지 못한 정필연이 내친김에 한마디를 덧붙였다.

"그래서 말이네, 그런 이 늙은이의 성의를 봐서라도 나랑 식사나 한 끼 하지 않겠는가?"

이 정도 성의를 보였으면 당연히 그 정도 부탁은 들어줄 거라는 확신이 깃든 목소리였다.

물론 제대로 잘못 짚었다.

"싫습니다."

"뭐……?"

"싫다고요. 회장님께서 제게 하실 말씀이란 게 뻔한 거 아닙니까? 아직 아드님한테 말씀을 제대로 전해 듣지 못했나 본데, 다시 한 번 분명히 말씀드리겠습니다. 현도와의 기술제휴, 없습니다. 절대로! 그러니까 괜한 힘 빼지 마십시오."

그러고는 정필연이 뭐라고 하기도 전에 그대로 전화를 끊어버렸다.

"……."

순간, 정필연의 얼굴 가득한 주름에 몇 가닥이 더 그어졌음은 말할 것도 없다.

정필연, 이 노회한 장사꾼도 미처 계산하지 못한 것이 하나 있었다.

혁준이 어린애이긴 하지만 간단히 어르고 달래서 자기 마음대로 휘두를 수 있을 만큼 그렇게 어린 것만은 아니라는 것이다.

그리고 다음 날, 정필연은 자신의 경솔함에 대한 대가를 신문 기사를 통해 접해야 했다.

[명우SDS, SJ엔지니어링, 경일모직, 정일기획까지 기가스컴퍼니와 기술제휴! 현도그룹, 사면초가!]

[현도그룹 주식, 또다시 하한가로 장 마감!]

[흔들리는 한국 경제, 기가스 컴퍼니는 왜 현도그룹을 외면하는가?]

*　　　*　　　*

"현도그룹은 지금 '생사 갈림길'에 있다고 해도 과언이 아닙니다. 막강 수출망이 모조리 끊길 위기에 처했고 그로 인해 신뢰도 타격, 바이어 이탈 가속이라는 도미노 악재가 계속되고 있습니다. 이대로는 안 됩니다. 어떻게든 기가스 컴퍼니와의 협력을 모색해야 합니다. 그러지 못하면 자칫 회생 불능이 될 수도 있습니다."

이젠 신문지상으로도 모자라 9시 뉴스에서마저 현도의 위기를 특집으로 다루고 있었다.

"허……!"

자칭 경제 전문가라는 패널의 말을 들으며 정필연은 헛웃음만 터뜨렸다.

한성진까지 제물로 바쳤는데도 혁준이 이렇게 나올 줄은 정말 생각도 못 했다.

'이렇게까지 막무가내일 줄이야…….'

사람을 잘못 봤다.

지금까지 그가 겪어온 자들은 하나를 내어주면 하나를 돌려주는 약삭빠른 장사꾼이거나 상황에 따라 이득에 따라 오늘은 적이 되었다가도 내일은 친구가 될 수도 있는 노회한 정치꾼들이었다.

그리해 당연히 기가스 컴퍼니의 대표도 그 기준으로 생각했다.

대표의 나이가 어리기에 더 다루기가 쉬울 거라고도 생각했다.

그런데 그런 계산이 완전히 빗나갔다.

큰 패착이다.

그 한 번의 패착으로 대마를 잃게 생겼다

정필연은 자신의 실수를 만회하기 위해 혁준에게 몇 번이나 더 전화를 넣었다.

하지만 받지 않았다.

'대표님께서는 지금 해외 바이어들을 만나러 가셨습니다.'

'대표님께서는 지금 미국 본사에 가 계십니다.'

'대표님께서는 지금…….'

매번 비서라는 여자의 앵무새 같은 목소리만 들어야 했다.

그제야 확실히 알았다.

이 권혁준이란 애송이가 원하는 것은 처음부터 한성진이 아니라 현도였다는 것을.

이 권혁준이란 애송이가 정말로 현도를 죽이려 하고 있다는 것을.

"끄응……."

그렇게 생각하니 절로 답답한 신음성이 입술을 비집고 새어 나온다.

현재 현도에게 있어 기가스 컴퍼니의 존재는 절대적이었다.

혁준이 이대로 마음을 돌리지 않으면 현도는 무너질 수밖에 없다.

고작 이름도 없던 회사의 농간에 현도가 이렇게까지 흔들리고 목을 맨다는 게 어처구니가 없지만 이건 엄연한 현실이었다.

그래도 아주 방법이 없는 것은 아니다.

다행히도 이 나라에는 안 되는 것도 되게 하는 여러 가지 방법들이 있었다.

정필연은 그 방법을 너무도 잘 알고 있었다.

'대가는 크겠지만······.'

이대로 손 놓고 있을 수는 없는 일.

선택의 여지가 없다.

정필연이 전화를 넣었다.

뚜르르르르르 - 뚜르르르르르 -

딸칵.

"여보세요."

"장관님, 접니다. 정필연이."

"아··· 정 회장님. 정 회장님께서 제겐 웬일이십니까?"

"찾아뵙고 긴히 말씀을 드릴 것이 있는데··· 시간 괜찮으
시겠습니까?"

"음··· 정 회장님이 만나자시는데 시간이 안 나더라도 시
간을 내야지요."

"그럼 언제가 괜찮으십니까?"

"내일 만납시다. 늘 보던 그곳에서 6시에."

"예, 그럼 그때 찾아뵙고 인사 여쭙겠습니다."

딸칵.

전화가 끊겼다.

지금 정필연의 전화를 받은 것은 재무부 장관 김종석이
다.

나라의 돈을 한 손에 움켜쥐고 쥐락펴락하는, 국무총리

조차 그보다 높은 굽은 신지 않는다는 이 나라 실세 중의
실세.

"어이, 김 실장."

"예."

"지난번에 그 일로 박 의원께 드렸던 그거 있지? 그거로
서른 개를 준비해."

"서른… 개 말씀입니까?"

김성일이 다시 묻는 일은 좀처럼 드문 일이었다.

그만큼 정필연이 말한 액수는 너무 컸다.

이건 로비 자금이 아니라 거의 회사 하나를 인수할 때 드
는 천문학적인 금액이었다.

하지만 그것도 잠시, 그는 늘 하던 대로 대답했다.

"예, 바로 준비하겠습니다."

김성일 비서실장이 나가자 정필연은 자신의 의자에 깊이
몸을 묻었다.

그런 그의 노안은 며칠 전보다도 십 년은 더 늙어진 듯
보였지만 그래도 눈빛만큼은 아직도 강렬했다.

현도를 지금까지 키워오며 이런 위기쯤이야 숱하게 겪은
그였다.

무질서했던 자유당 시절부터 군사독재정권에 이르기까
지, 이보다 더한 위기도 헤쳐 나왔기에 지금의 현도가 있는

것이었다.

정필연은 그렇게 의자에 몸을 파묻은 채로 그대로 눈을
감았다.

제23장
또 한바탕
피바람이 부려나?

이튿날.

그는 약속된 시간에 약속된 장소에서 재무부 장관 김종석을 만났다.

그리고 김종석과 만나고 사흘 후.

신문지상에는 현도 관련 기사들이 연이어 대서특필로 쏟아져 나왔다.

*　　　*　　　*

[현도그룹 정필연 회장, 사재 털어 '신뢰' 회복 시도.]

―현도는 정필연 회장의 개인 자산 1조 3천억 원과 10조 원대의 계열사 보유 자산을 채권단에 담보로 내놓기로 했다.

현도의 그 같은 자구 의지와 노력에 채권단은 7~9월에 상환 요구가 돌아오는 현도의 단기 여신 만기를 6개월 연장해 주기로 했다.

금감위의 한 관계자의 말에 따르면 정필연 회장의 자구 의지와 그 노력은 상당히 고무적인 일로 정부에서도 현도의 위기가 한국 경제에 미치는 여파를 생각해 현도를 지원할 방법을 다방면으로 모색 중인 것으로 알려졌다.

[정부, 현도그룹에 공적 자금 투입 결정!]

―현도 사태라 할 수 있는 이번 위기의 신속한 해법으로 정부는 공적 자금의 투입이 불가피하다는 결론은 내렸다.

우현증권 투자분석센터 이일우 이사는 채권단이 감수해야 할 대손충당금 등 손실이 줄잡아 12조 원대이고, 해외차입금에 대해서도 정부나 국책은행들이 보증을 해줄 수밖에 없어 20~30조 원의 공적 자금이 들어갈 것으로 예상했다.

한편 현도의 어려움은 기가스 컴퍼니와의 기술제휴에서 철저히 제외됨에 따라 시장에서 신뢰를 잃어 자금 통로가 경색된 것이 직접적인 원인으로 분석된다.

세상이 떠들썩해졌다.

공적 자금이란 것은 엄연히 국민의 세금인데 그 어마어마한 국민의 세금을 사기업에 투입한다는 것은 국민의 혈세로 대기업의 배를 불려주는 것이 아니냐는 비난과 엄연히 시장 경쟁에서 도태된 기업을 왜 정부까지 나서서 재벌 특혜를 주냐는 불만 여론이 있었다.

반면 그래도 정필연 회장이 사재까지 털어서 자구 의지를 보이는 마당에 한국을 대표하는 기업을 이대로 망하게 할 수는 없지 않느냐며 정부의 결정을 지지하는 여론도 있었다.

하지만 정부의 공적 자금 투입 결정도 현도그룹을 기사회생시킬 만큼 강력한 구원책은 되지 못했다.

폭락하던 주식이야 잠시 안정세를 보이긴 했다.

그러나 어차피 임시방편일 뿐이었다.

정부까지 도와주기로 나선 마당이니 다시 재기할 거라는 긍정적인 분위기가 고조되고 있긴 했지만 현도가 살아남기 위해 가장 먼저 해결되어야 할 근본적인 문제 하나가 아직도 남아 있었던 것이다.

결국 마지막까지 현도 회생의 열쇠는 기가스 컴퍼니와의 기술제휴였다.

그 근본적인 문제가 해결이 되지 않는다면 공적 자금이 아무리 더 투입이 된다고 하더라도, 구조 조정이니 경영 쇄신이니 하며 아무리 자구 의지를 보인다고 하더라도 아무 소용이 없다.

아니, 정부의 현도에 대한 공적 자금 투입 결정 자체가 밑 빠진 독에 물 붓기가 되어 여론의 지탄을 피할 수가 없게 되는 것이다.

당연히 세상의 눈은 기가스 컴퍼니에게로 몰렸다.

과연 정부가 이런 결정까지 했는데도 기가스 컴퍼니가 현도를 계속 외면할 것인지, 아니면 드디어 현도에게 구원의 손길을 뻗어줄 것인지.

한국만이 아니라 세계의 시선들이 기가스 컴퍼니에게로 모아지고 있었다.

그런 시선들 중에 적어도 한국에서만큼은 현도에 대한 동정론이 압도적으로 많았다.

자유경쟁의 시장 논리도 시장 논리지만 그래도 한국 경제를 지탱하고 있는 현도인 만큼 현도가 무너지면 한국 경제도 같이 무너질지도 모른다는 위기감이 그런 동정론을 만들어내고 있었다.

이제 여론은 기가스 컴퍼니에서도 뭔가 특단의 결정을 내려줘야 한다는 쪽으로 움직이고 있었다.

＊　　　＊　　　＊

"이거 참……."

신문을 덮는 혁준의 표정은 그다지 좋지 못했다.

"현도를 안 도와주면 날 아주 나쁜 놈 취급하겠군."

역시 여론이 안 좋았다.

현도에 대한 동정론이 커지는 만큼 기가스 컴퍼니에 대해서는 현도에 대한 기술 지원을 촉구하는 목소리가 높아지고 있다.

뻔했다.

'여론몰이라도 하고 있는 걸 테지.'

정부를 움직여 공적 자금까지 투입하게 만든 정필연이다.

이런 여론몰이가 계획에 없었을 리가 없다.

그렇게 생각하니 이놈의 청개구리 심보가 다시 슬금슬금 발작을 하려고 한다.

이런 공작에 놀아나 줄 생각은 전혀 없었다.

이렇게 수작을 부리면 부릴수록 혁준의 결심만 더 확고해질 뿐이었다.

그런데, 그때였다.

비서로부터 내선 전화가 들어왔다.

"대표님."

"무슨 일이죠?"

"전화가 걸려 왔는데… 재무부의 김종석 장관님께서 대표님과의 통화를 원하십니다."

"예?"

혁준이 놀란 눈을 부릅떴다.

난데없이 재무부 장관이라니?

"어떻게 할까요?"

"일단 자리에 없다고 하세요. 그리고 내 방으로 좀 와주세요."

"예, 알겠습니다."

전화가 끊기고 얼마 안 있어 비서 이아영이 그의 사무실로 들어왔다.

"어떻게 됐습니까?"

"당신이 전화를 했었다고 대표님께 전해달라는 말씀과 함께 내일 중으로 여길 방문하실 거라고 하셨어요."

"여길 온다고요? 내 스케줄도 안 묻고?"

"예, 시찰 차원에서 오는 거니 대표님이 꼭 동석했으면 한다고 하더군요."

"시찰은 개뿔. 결국 그렇게라도 날 직접 만나겠다는 뜻이겠지."

이 민감한 시기에 그 정도 되는 양반이 그를 찾아오는 이유야 뻔했다.

'현도의 뒤를 닦아주시겠다?'

"혹시 재무부 장관이란 사람에 대해 좀 아십니까?"

혁준의 물음에 이아영이 바로 대답했다.

"그렇잖아도 어제 실장님께서 전화하셔서 재무부 장관에 대해 알아보라 지시를 하셨어요."

"차 실장님이요?"

"예, 아무래도 이번 공적 자금 투입에 재무부 장관이 관계되었을 가능성이 크다시면서… 대표님께서 물으실 일이 생길지도 모른다면서 그렇게 지시를 하셨어요."

역시 차유경이란 생각이 들었다.

그 먼 곳에 있으면서도 이곳의 상황을 손바닥 보듯 훤히 꿰뚫고 있다.

그런 차유경의 성향을 보면 기업을 키우는 컨설턴트보다 차라리 정치 쪽이 더 어울리지 않을까 하는 생각을 하게 된다.

"그래, 재무부 장관이란 사람, 어떤 사람입니까?

"이 정부의 실세 중의 실세라고 해요. 소위 날아가는 새도 떨어뜨린다는……."

"그런 사람이 왜 날 만나려고 하는 겁니까? 십중팔구는 당연히 현도 때문이겠죠?"

"예, 공적 자금 관리는 재무부, 금융감독위원회, 예금보험공사 및 자산관리공사로 다원화되어 있지만 이번 결정은 김종석 재무부 장관의 허락이 없이는 불가능한 일이었어요. 상식적으로 있을 수 없는 결정이었으니까요."

"역시 현도와 김종석 사이에 모종의 거래가 있었다는 거네요?"

"예."

"그러니까 내친김에 김종석까지 내세워서 날 설득해 보시겠다?"

"김종석이 현도를 상대로 공적 자금 투입을 결정한 이상 그는 현도와 운명공동체가 된 거예요. 20~30조 원에 달하는 거액을 투입했는데도 현도가 망하게 되면 아무리 김종석이 실세 중의 실세라고 해도 무사하지 못할 테니까요. 그만큼 그도 절박한 상태인 거죠."

그런 위험한 일에 동참을 했다는 건 그만큼 현도에 받아 처먹은 게 어마어마하다는 뜻이다.

'또 그만큼 필사적이 될 거라는 뜻이기도 하지.'

하지만 겁나지 않는다.

'어쨌거나 기가스 컴퍼니는 미국 법인이니까.'

게다가 한국은 물론이고 세계 경제의 수반들이 기가스 컴퍼니의 일거수일투족을 주시하고 있는 상황이었다.

아무리 김종석이 이 나라의 실세 중의 실세라고 해도 감히 자신을 상대로 무도한 짓을 벌이지는 못할 것이다.

그랬다가는 국제적으로 비난과 지탄을 받게 될 테니까 말이다.

하지만 그렇다고 안심을 할 수도 없다.

또한 어쨌거나 그는 한국 국적이니까.

한국 국적인 이상 세세한 제약들로부터 자유로울 수가 없다.

한국인으로 살아간다는 것 자체가 수많은 제약을 등에 짊어지고 살아간다는 뜻인 것이다.

아마도 김종석은 그런 소소한 것들로 회유와 협박을 가해올 것이다.

'이참에 그냥 미국으로 확 떠버려?'

생각을 안 해본 건 아니었다.

제일린도 신중하게 생각해 보라며 권유를 했었다.

미국에 차유경을 보내 터를 닦게 한 것도 그럴 경우를 대비한 포석의 뜻도 있었다.

그가 가진 재력과 힘이면 미국에선 당연히 쌍수를 들고 환영할 것이다.

하지만 왠지 내키지가 않았다.

자기네들의 필요에 따라 달면 삼키고 쓰면 뱉고 하는 것은 한국이나 미국이나 다를 게 뭐 있을까 싶었다.

괜히 여우를 피하려다 호랑이 아가리에 얼굴을 들이미는 꼴이 되는 거나 아닐까 하는 괜한 노파심도 들었다.

그래서 제일린의 권유에도 미루고만 있었던 것이다.

그러나 막상 이런 일을 겪고 보니 마음이 흔들리는 것이 사실이었다.

하지만 아직은 아니다.

이까짓 것에 겁먹고 미국으로 튈 거였으면 아예 현도와의 싸움은 시작도 하지 않았다.

"재무부 장관이 오는 게 내일이라고 했죠?"

"예, 만나보시겠습니까?"

"만나는 봐야죠. 뭐, 평범한 국민이 높으신 장관께서 보자는데 별수 있나요? 더구나 이 나라의 실세 중의 실세라는데……."

어쩔 수 없는 일 아니냐는 듯 어깨를 으쓱해 보이는 혁준이었다.

그러나 그 눈은 사납게 빛나고 있었다.

꾹 다문 입매도 불쾌한 심기를 여지없이 드러냈다.

이 자리에 이아영이 아니라, 혁준을 잘 아는 차유경이 있었다면 그 표정을 보며 이렇게 생각했을 것이다.

'또 한바탕 피바람이 부려나?' 라고.

제24장

재무부 장관 김종석

재무부 장광 김종석은 예순이 넘은 나이인데도 50대 초반 정도로밖에 보이지 않을 만큼 상당히 동안이었다. 그러면서도 염색 하나 하지 않은 은백색의 머리카락과 깔끔하고 하얀 피부는 귀티가 흘렀고 하얀 피부와 어우러지는 원형의 은테 안경은 학자풍의 점잖은 느낌도 들었다.

물론 그건 어디까지나 김종석이란 인간에 대해서 잘 모르는 사람이 볼 때의 첫인상이 그렇다는 것이다.

김종석이 여기까지 자신을 찾아온 이유를 너무도 잘 알고 있는 혁준에게는, 혁준의 눈에는 그저 거만하고 탐욕스러운 인간으로밖에는 보이지 않았다.

이아영의 안내를 받아 혁준의 사무실로 들어온 김종석이 혁준을 보고는 감탄을 했다.

"이거 이거, 얘기는 들었지만 요즘 한창 세상을 떠들썩하게 하고 있는 기가스 컴퍼니의 대표가 이렇게 젊은 분이라니 내 눈으로 보고도 믿기지가 않소."

그런 김종석을 보며 혁준이 한 타임 늦게 인사를 건넸다.

"처음 뵙겠습니다. 기가스 컴퍼니 대표 권혁준입니다. 앉으시지요."

혁준이 자리를 권하자 김종석이 기분 좋게 고개를 두어 번 끄덕인 후 혁준이 권한 자리에 앉았다.

혁준도 곧 김종석의 맞은편에 자리를 잡고 앉았다.

"이런 누추한 곳까지 장관님께서 직접 찾아오실 줄은 몰랐습니다."

"허허. 누추하다니… 오면서 보니까 이건 안기부보다 보안이 더 철저한 것 같더구만. 하긴 기술력 하나로 한국 경제를 들었다 놨다 할 정도니 당연히 관리도 철저해야겠지."

그 말에는 살짝 불쾌한 기색이 엿보였다.

그도 그럴 것이 일국의 장관인데도 불구하고 입구에서부터 여기까지 오는 동안 그가 거친 통과 절차가 다른 기업인들과 하등 다를 바가 없었던 것이다.

사실 따로 지시를 해놓을 수도 있었지만 혁준은 그러지 않았다.

그렇게까지 특별 대우를 해줄 만큼 별로 반가운 손님도 아니었다.

오히려 일국의 장관인데도 불구하고 흔들림 없이 자신의 업무에 충실한 보안 경비들에게 특별 보너스라도 줘야겠다고 생각할 정도였다.

물론 그런 속마음은 내색하지 않고 물었다.

"장관님께서 직접 이곳까지 저를 만나러 오신 데는 당연히 그럴 만한 이유가 있으신 거겠죠? 현도 때문입니까?"

혁준은 바로 직구를 날렸다.

빙빙 돌려 말하는 걸 별로 좋아하지도 않는 성격인 데다가 막상 김종석이란 인간을 만나보고 나니 오래 상종해 봐야 피곤하기만 할 거라는 걸 직감했기 때문이다.

혁준이 이렇게 직구를 날려올 줄은 미처 몰랐던지 김종석이 움찔한 기색을 보인다.

하지만 그 역시 노회한 정치인답게 이내 평정을 찾고는 허허거리며 웃었다.

"허허허, 젊은 사람이라 그런지 성격이 급하시구만. 하긴, 기가스 컴퍼니 대표가 대한민국에서 제일 바쁜 사람이라는 건 누구나 다 아는 일이긴 하지. 나도 바쁜 사람 붙들고 오래 얘기할 생각은 없고. 권 대표 말씀대로외다. 내가 이리 권 대표를 찾아온 건 현도 때문이오."

"……."

"권 대표도 아시겠지만 이번에 정부 차원에서 현도를 살리기로 결정을 내렸소. 공적 자금을 투입하기로 한 것도 그런 맥락에서고. 정부에서는 현도가 이대로 무너지는 걸 절대로 용인하지 않겠다는 확고한 의지를 보이고 있소. 하나, 아시다시피 정부의 지원만으로는 역부족인 게 사실이요."

"……."

"현도의 정 회장으로부터 권 대표와 현도 사이에 무슨 일이 있었는지는 나도 들었소만, 그래서 권 대표 마음을 모르는 바는 아니오만, 그래도 어쩌겠소? 이대로 현도가 무너지면 한국 경제가 위태로워지는 것을… 그동안 현도가 한국 경제에 미친 영향이 지대한 것은 권 대표도 부정치는 못할 것이오. 전쟁 국가인 한국이 이만큼이나 살 수 있게 된 것도 현도가 한국 경제를 잘 이끌어왔기 때문이라는 것도 말이오."

"……."

"그러니… 권 대표가 국가를 위해 크게 한 번 마음을 베푸시는 게 어떻겠소? 현도의 정일환 사장도 권 대표에게 한 일은 깊이 반성을 하고 있는 실정이고."

사정하는 투는 아니었다.

오히려 어른이 철모르는 아이를 달래듯 그렇게 타이르는 듯한 말투였다.

자신이 그렇게 타이르면 당연히 말을 들을 거라는 확신을 갖고서.

그 역시도 혁준을 어리게만 보고 있는 것이다.

물론 그런 김종석의 거만한 태도가 마땅찮기만 한 혁준이다.

하지만 그런 거랑은 상관없이 이미 어떻게 대응할지는 계획해 둔 상태였고 혁준은 그 계획대로 김종석의 말에 대답했다.

"장관님의 말씀은 잘 알겠습니다만, 저는 현도가 무너진다고 해서 한국 경제가 위태로워질 거라고는 생각지 않습니다."

"응……?"

"이미 현도가 빠진 자리를 우성 등 내실이 튼튼한 기업들이 충분히 메워주고 있지 않습니까?"

"권 대표, 지금 그 말은 결국 현도를 돕지 않겠다는 거요? 정부의 의지가 어떠하든 상관 않고?"

"예, 저는 사업하는 사람입니다. 사업의 기본이 신뢰인데 아무런 신뢰도 주지 못하는 기업과 어떻게 같이 일을 하겠습니까?"

혁준의 말에 김종석의 점잖은 얼굴이 일순 심하게 구겨졌다.

혁준이 이렇게 나올 줄은 전혀 예상치 못했다.

기가스 컴퍼니의 대표쯤 되는 사람이 이 나라에서 김종석이란 이름 석 자가 가지는 의미를 모를 리가 없었다.

그렇다면 그게 아무리 마음에 내키지 않는 일이라고 해도 감히 그 앞에서 단박에 이런 대답을 내놓으면 안 되는 것이었다.

'앞뒤 분간도 못 하는 애송이로군. 그래 봤자 고작 장사치 주제에……'

아무리 세상을 떠들썩하게 만들고 있는 화제의 주인공이라 해도 결국은 세상 물정 모르는 어린애일 뿐이다.

그럼 세상 물정 모르고 더 크게 분탕질을 치기 전에 세상 물정이란 걸 가르쳐 줄 필요가 있었다. 대한민국 국민으로 살아간다는 게 어떤 건지도.

"권 대표, 뭔가 단단히 착각을 하고 계시는구려."

조금 전과는 사뭇 달라진 분위기로 그렇게 운을 뗐다.

그런 김종석의 얼굴은 더 이상 점잖은 학자의 얼굴이 아니었다. 그야말로 거만하고 권위적이고 음흉하고 노회한 정치꾼의 얼굴이 거기에 있었다.

"내가 여기에 온 건 말이외다, 권 대표의 뜻을 묻고자 함도 아니고 동의를 구하고자 함도 아니외다. 대한민국 국민으로서 나라를 위해 마땅히 책임과 의무를 다하는 거야 당연한 일인데 거기에 동의가 무슨 필요가 있겠소."

"그래도 제가 하지 않겠다면요?"

"대한민국 국민으로서 마땅히 책임과 의무를 다하지 않겠다면 당연히 그에 상응하는 벌을 받아야겠지. 이 나라에는 말이야, 적어도 권 대표가 대한민국의 국민으로 있는 한은 그런 벌을 줄 수 있는 방법이야 아직 얼마든지 있으니까. 그건 권 대표뿐만 아니라 권 대표 가족에게도 그리 유쾌하지 못한 일이 될 거야. 모친은 프랑스에서 유학 중이고 부친은 성운실업에 다닌다고 했던가? 여동생은 이번에 카이스트에 들어갔다지?"

"……."

"게다가 듣자 하니 권 대표는 아직 군대 문제도 해결하지 못했다고 하던데?"

"협박이로군요."

"듣기 나름이지. 자네가 하기에 따라서 그건 협박이 될 수도 있고 조언이 될 수도 있겠지."

예상은 했지만 예상했던 것보다 더 치졸했다.

김종석은 이 정도 했으면 아무리 세상 물정 모르는 애송이라도 충분히 알아들었겠지 하며 여유를 보이고 있었고 혁준은 그런 김종석을 한참을 노려보고 있었다.

　그러다 툭 내뱉었다.

　"마음대로 하십시오."

　그렇게 툭 내뱉은 혁준은 기소롭다는 듯 코웃음까지 쳤다.

　"뭐?"

　김종석으로서는 전혀 생각지도 못한 반응일 수밖에 없었다.

　"아무리 생각해 봐도 도무지 납득이 되지 않아서 말입니다. 무엇보다 저는 현도를 돕는 일이 나라를 위하는 일이라고는 결코 생각지 않습니다. 오히려 저는 지금 이러시는 장관님을 이해할 수가 없습니다. 장관님도 이미 저간의 사정을 들으셨다고 하지 않으셨습니까? 그럼 현도가 얼마나 부정하고 부당하고 부패한 기업인지도 잘 아실 텐데 대체 왜 장관님까지 나서서 그런 부도덕한 기업을 살리기 위해 이런 가당치도 않은 협박까지 하시는 건지 도무지 알 수가 없다 이 말씀입니다."

　"……."

　"이왕 말이 나왔으니 말이지만, 엄연히 자유경쟁을 원칙으로 하는 것이 이 나라 시장경제고, 그 시장경제에서 경쟁력을 잃어 도태되고 있는 것이 현도라는 기업인데 정부에서는 대체 무슨 이유로 수십조 원의 공적 자금을 투입하기로 한 겁니까? 더구나 회생 가능성이 극히 희박한 기업에 말입니다. 오직 우리 기가스 컴퍼니만 믿고 그런 결정을 했다면 그야말로 수십조 원의 나랏돈으로 도박판에 배팅을 한 거랑 전혀 다를 바가 없지 않습니까? 저는 이 나라 정부가 그렇게까지 무개념하다고는 믿지 않습니다. 현도를 살리기로 한 것이 정말 이 나라 정부가 한 결정이 맞긴 한 겁니까? 정부의 이름을 빌려 장관님 독단으로 그렇게 결정을 내린 것은 아닙니까?"

"이봐! 권 대표! 당신 지금 무슨 말을 하는 거야!"

"정경 유착을 말씀드리는 겁니다. 제가 아무리 생각해 봐도 장관님과 현도의 관계가 그렇게 단순해 보이지가 않아서 말입니다. 그렇지 않고서야 이 나라의 장관이라는 분이 여기까지 와서 저를 협박까지 한다는 게 상식적으로 말이 안 되는 일이지 않습니까?"

"권 대표! 지금 당신, 심각한 명예훼손을 하고 있다는 건 알고는 있는 거야?"

"장관님은 명예훼손을 따지십시오. 전 제가 가진 모든 역량을 다 동원해서 사실 여부부터 따져 볼 생각입니다!"

"이······!"

혁준이 대차게 나오는 만큼 그만큼 뒤가 켕기는 김종석이다.

김종석이 차마 더 말을 못 하자 혁준은 지체하지 않고 바로 자리에서 일어섰다.

"서로 간에 할 말은 다 한 듯하군요. 멀리 나가지 않겠습니다."

명백한 축객령이다.

김종석의 얼굴이 더욱 무참하게 구겨진 것은 말할 것도 없다.

이 나라의 돈을 한 손에 움켜쥔 실세 중의 실세인 김종석이 언제 이런 모멸감을 맛본 적이 있겠는가.

그만큼 지금 그의 인내는 바닥까지 떨어져 있었다.

아마 그가 조금만 덜 배운 사람이었다면, 조금만 더 다혈질인 사람이었다면, 조금만 더 체면을 생각지 않는 사람이었다면 벌써 그의 입에선 육두문자와 살벌한 협박성 욕설들이 난무했을 것이다.

하지만 그는 많이 배운 사람이었고 덜 다혈질적인 사람이었으며 무엇보다 체면을 중시하는 사람이었다.

혁준의 축객령에 떠밀려 나가는 중에 그가 마지막을 남긴 말은,

"권 대표. 권 대표는 이 김종석이를 너무 우습게 본 거야. 대한민국에서 이 김종석이가 어떤 것까지 할 수 있는지 한번 지켜보라고."

차분하고 담담한 목소리였다.

그래서 더 섬뜩하게 들렸지만 혁준은 눈썹 하나 까딱하지 않았다.

그가 나가자 혁준은 바로 이아영을 불렀다.

"가족들 경호 문제는 확실히 했죠?"

그렇게까지 막 나갈 인간으로는 안 보였지만 그래도 만일을 위해 가족의 안전부터 챙겼다.

"예, 지시하신 대로 최고의 사설 경호 업체에 맡겼고 추가로 프랑스 지젠느 출신의 용병도 오늘 합류했어요. 물론 가족분들께는 들키지 않도록 배치를 했구요."

혁준은 고개를 끄덕였다.

그 정도면 군대라도 동원되지 않는 다음에야 안전할 것이다.

그렇게 고개를 끄덕인 혁준이 주머니에서 뭔가를 꺼내어 이아영에게 건넸다.

녹음기였다.

김종석이 사무실에 들어선 순간부터 미리 준비했던 녹음

기를 작동시켰었다.

"그거 한 50개만 복사해 주세요."

녹음기를 받아 든 이아영이 의아히 혁준을 보자 혁준이 씹어뱉듯 덧붙였다.

"그냥 적당히 현도만 잡고 끝내려고 했는데, 안 되겠어요. 그 더러운 입으로 내 가족들을 들먹인 이상 현도고 김종석이고 간에 아주 기어 다니지도 못하게 밟아놓을 겁니다. 어차피 후환 같은 건 남겨둬서 좋을 게 없으니까!"

*　　　　*　　　　*

한편 그렇게 모멸감만을 안고 내쫓기듯 자신의 업무실로 돌아온 김종석은 이를 빠드득 갈았다.

"그딴 놈이 감히 이 김종석이를 우습게 봐?"

도무지 분이 풀리지가 않았다.

생각 같아서는 당장에라도 수단 방법을 가리지 않고 그 버르장머리에 대한 대가를 톡톡히 치르게 해주고 싶었다. 이 나라에서 김종석이란 이름이 가지는 의미가 어떤 것인지 뼈저리게 깨닫게 해주고 싶었다.

그가 하려고만 마음먹으면 얼마든지 할 수 있었다.

당장 혁준을 군대에 처박아 버리는 일은 일도 아니었다.

하지만, 지금은 혁준에게 직접적으로 위해를 가할 때가 아니었다.

그랬다가는 정말로 현도가 망하게 된다.

현도가 망하게 되면 그 어마어마한 공적 자금의 투입을 결정한 책임을 면할 수가 없게 된다.

거기다 현도의 정필연 회장이 앙심이라도 품게 되면, 그래서 그가 그들 사이에 오간 모종의 거래를 다 까발려 버리기라도 하면 그땐 그도 현도와 함께 나락으로 떨어지게 된다.

그가 그런 모욕을 당하고도 섣불리 손을 쓰지 못하는 것이 바로 그 같은 이유에서였다.

협박조로 군대 문제를 들먹이기는 했지만 당장 혁준에게 입영 영장이라도 나온다면 오히려 발등에 불이 떨어지는 것은 김종석 그였다.

아이러니하게도 당장 찢어 죽여도 시원치 않을 혁준이건만 그의 안전을 누구보다도 먼저 김종석 자신이 지켜야 하는 상황이 되어 있는 것이다.

적어도 현도가 기가스 컴퍼니와의 기술제휴에 목을 매고 있는 이상에는 말이다.

그러니 그 속이 오죽하겠는가.

하지만 그렇다고 이대로 넋 놓고 혁준이 마음을 돌리기

만을 기다릴 수는 없는 일이었다.

'그런 애송이 하나 마음대로 다루지 못한대서야 제면이
안 서지.'

혁준에게 직접적인 위해는 가하지 못해도 그를 압박할
방법이야 얼마든지 있다.

'그 잘난 애송이의 부친이 다닌다는 회사가 성운실업이
라고 했었지?'

작은 회사지만 작은 회사인 만큼 가족 같은 분위기라고
들었다.

'일단 거기부터 흔들어보지.'

운이 좋으면 혁준의 부친이 걸려들 수도 있고, 그렇지 않
다고 해도 직장 동료 몇을 감옥살이시키는 거야 어렵지 않
다.

그렇게만 해도 혁준이 지금처럼 뻗대고 나오지는 못할
것이라는 확신이 있었다.

하지만 그가 크게 착각하는 것이 있었다.

하나는 지금 대한민국에서 혁준이 가지는 영향력이란
것이, 그 힘이란 것이 그가 감히 상상할 수도 없을 만큼 어
마어마하다는 것과, 그런 꼼수나 부려댈 수밖에 없는 그와
는 달리 혁준은 그를 직접적으로 공격할 수 있다는 것이
다.

김종석이 그 사실을 깨닫기까지는 딱 삼 일이면 충분했다.

  사건의 발단은 각 기업의 오너들에게 전해진 하나의 녹음테이프에서 비롯되었다.

제25장

대한민국을 움직이다

우성전자 사장 이정우가 그 테이프를 받은 것은 막 퇴근을 하려고 그날의 업무를 정리하던 중이었다.

발신인의 이름이 기가스 컴퍼니 대표 권혁준이란 것만으로도 그는 그 자리에서 바로 테이프의 내용을 확인했다.

"이거 이거, 얘기는 들었지만 요즘 한창 세상을 떠들썩하게 하고 있는 기가스 컴퍼니의 대표가 이렇게 젊은 분이라니 내 눈으로 보고도 믿기지가 않소."

테이프의 내용은 그렇게 시작되고 있었다.

'재무부 장관 김종석……'

목소리만 들어도 그가 누군지 바로 알아차렸다.

테이프에는 김종석이 혁준에게 현도와의 기술제휴를 강요하는 것부터 이어지는 협박과 회유, 그리고 혁준의 정경유착이 아니냐는 말에 명예훼손을 운운하며 버럭 화를 내는 것까지 그 자리에 있었던 내용이 하나도 빠짐없이 고스란히 담겨 있었다.

사실 그 내용 자체는 크게 놀라운 것은 아니었다.

현도에 공적 자금이 투입되기로 결정이 났을 때 이미 현도와 김종석 사이에 뒷거래가 있었다는 것은 쉽게 짐작할 수 있는 일이었다. 그리고 공적 자금마저 투입이 된 마당이니 정부에서도 현도의 목숨 줄을 쥐고 있는 기가스 컴퍼니에 대해 어떤 형태로든 도움을 청할 거라는 짐작도 했었다.

지금 그가 심각하게 고민을 하고 있는 것은 이 테이프를 보내온 혁준의 의도가 과연 무엇이냐는 거였다.

혁준의 입장에선 결코 유쾌하지 않은 내용의 녹취록을 왜 자신에게 보내온 것일까?

고민은 길지 않았다.

'대신 움직여 달라는 건가?'

그것 말고는 달리 생각할 수 있는 게 없었다.

그래도 다시 의문 하나는 남는다.

'그렇다면 왜 직접 말하지 않고 녹취록만 보내온 거지?'

그 또한 생각할 수 있는 건 두 가지였다.

혁준이 직접 그를 불러 이런 말을 꺼냈다면 그 의도나 어조가 어떠하든 받아들이는 입장에선 명령의 의미가 될 수밖에 없다. 명백한 갑과 을의 관계인 만큼 그로서는 받아들일 수밖에 없는 일이지만 그 뒷맛이 개운할 리가 없다.

그러니 녹취록만 보낸 것은 명령이 아니라 어디까지나 동업자로서 자발적인 도움의 형태를 취하고자 하는 그 나름의 배려일 수 있다.

'그게 아니면 나중에 불거질지 모를 책임론에서 한 발 비켜 서자는 신중함일 수도 있고.'

어느 쪽이든 간에 난감했다.

'차라리 그냥 대놓고 명령을 내리는 게 낫지……'

뒷맛은 덜 쓸지도 모르지만, 그래서 보기에는 좋을지 모르지만 오히려 녹취록만 달랑 보낸 이 상황이 더 큰 압박으로 다가왔다.

그도 그럴 것이 한국 재계 순위 1, 2위를 다투던 현도였다. 그런 현도를 하루아침에 부도 직전까지 몰고 가고 있는 혁준이다. 적어도 대한민국에서 기업을 하는 사람이라면 어느 누가 혁준의 심기를 건드리려고 하겠는가 말이다.

차라리 대놓고 이렇게 해라 저렇게 해라 명령이라도 했다면 그 말을 그대로 따르기만 하면 될 텐데 이젠 과연 어떻게 해야 혁준의 마음에 찰 것인지 그것부터 심각하게 고민을 해야 했다.

면접심사관의 난해한 질문을 받은 면접생도 이보다는 덜 막막할 듯싶었다. 무엇보다 면접생이야 그 혼자 취직 시험에서 떨어지면 그만이지만 이건 그가 내놓는 대답 여하에 따라서 우성전자의 미래가 결정될 수도 있는 것이다.

"그러게 권 대표를 왜 건드려서는… 세상 모든 사람을 다 건드려도 단 한 사람 절대로 건드려서는 안 되는 사람이 바로 권혁준이란 사람인데……."

그가 보기에 김종석이 혁준에게 한 행태는 그야말로 하룻강아지가 범 무서운 줄 모르고 까분 것에 지나지 않았다.

그 무개념 때문에 엄하게 자신만 시험에 들게 된 것이다.

하지만 달리 생각해 보면 차라리 잘된 것일 수도 있었다.

어차피 그도 현도에 대한 정부의 공적 자금 투입을 탐탁지 않아 하고 있던 참이었다. 죽어가던 경쟁사가 다시 살아나서 좋을 것도 없거니와, 회생 가능성도 희박한 상황에 정부가 무리수를 둬가며 천문학적인 액수의 공적 자금을 투입하는 것은 현도에 대한 지나친 편애였고 여타 기업들에 대한 차별이었다.

당연히 이정우뿐만 아니라 다른 기업들의 눈에도 결코
좋게 보일 리가 없었다.

그럼에도 지금껏 아무 말 않고 잠자코 있었던 것은 혁준
때문이었다.

자세한 것은 모르지만 돌아가는 상황만 봐도 혁준과 현
도 사이에 모종의 사연이 있다는 것쯤은 충분히 짐작할 수
있는 일이었다.

물론 겉으로 보기에 혁준이 현도를 적대시하고 있는 것
은 분명했다. 하지만 세상일이란 게 보이는 것이 전부가 아
닌 경우가 태반이었다.

혁준의 속마음도 정확하게 모르는 상황에서 괜히 나섰다
가 자칫 혁준의 심기를 건드리게 되면 그보다 멍청한 일도
없는 것이다.

그래서 지금껏 숨죽이고 있었다.

그런데 이제 혁준이 보내온 녹취록으로 인해 그 금제가
풀렸다.

더는 참고 망설일 이유가 없었다.

그때 마침,

따르르르르릉—

LI 그룹의 주본회로부터 전화가 왔다.

무슨 일로 그에게 전화를 했는지는 듣지 않아도 알 수 있

었다.

혁준이 제대로 자신의 힘을 과시해 볼 생각인 만큼 그에게만 녹취록을 보냈을 리가 없다. 얼마나 많은 기업에 얼마나 많은 녹취록이 뿌려졌을지 모른다.

주본회 역시 혁준의 녹취록을 받았을 것이다.

그래서 이렇게 급하게 그에게 전화를 준 것이 틀림없었다.

까다로운 면접심사관의 난해한 질문에 어떻게 대답을 해야 할지 상의하기 위해서.

지금 이 시간, 혁준이 던진 질문 하나에 대한민국이 움직이고 있는 것이다.

그리해 터졌다.

[속보] [재계 순위 30대 기업 중 16개 기업, 긴급 공동성명 발표!]

─조금 전 오후 2시경 서울호텔 본관에서 우성, 니, 삼화 등을 비롯한 재계 순위 30위 안에 드는 기업 중 16개 기업과 그 외 200위 안에 드는 28개 기업이 현도 사태에 대한 긴급 기자회견을 열고 공동성명을 발표했다.

성명문을 낭독한 삼화그룹 김승훤 회장은 현도 사태와 관련, 세 가지 의혹에 대해 정부의 공식적인 해명을 촉구했다.

첫째, 현도그룹에 대한 공적 자금 투입의 정당성 여부.

둘째, 현도그룹 정필연 회장과 김종석 재무부 장관의 정경 유착 의혹.

셋째, 민간 기업에 압력을 행사하고 협박을 버젓이 일삼은 것에 대한 김종석 재무부 장관의 공식적인 사과와 처벌.

위의 세 가지 항에 대해 정부의 즉각적이고도 납득할 만한 해명을 촉구한 김승훤 회장은 44개 기업인이 모여 이렇듯 공동성명을 발표하게 된 것은 뼈를 깎는 심정으로 뿌리 깊은 정경 유착의 고리를 끊어 썩어가고 있는 한국 경제를 되살리겠다는 자성의 의지라고 말했다.

한편, 공동성명을 발표한 이들 기업인들은 현도그룹 정필연 회장과 김종석 재무부 장관의 정경 유착이 의심되는 다량의 정황증거들을 확보하고 있는 것은 물론, 이와 관련해 김종석 재무부 장관이 민간 기업을 상대로 압력을 행사한 녹취록도 가지고 있는 것으로 알려졌다.

*   *   *

세상이 발칵 뒤집혔다.

그 한 명 한 명의 목소리만 해도 한국 경제를 들었다 놨다 하는 기업의 오너들인데 무려 44명이 모여 정경 유착을 성토하며 공동성명을 발표했으니 그 이례적이고도 전격적인 사건에 언론은 언론대로, 정부는 정부대로, 국민은 또 국민대로 충격에 휩싸일 수밖에 없었다.

물론 그 성명 발표에 누구보다도 충격을 받은 것은 이 사건의 가장 중심에 있는 김종석이었다.

"이……."

김종석은 이게 다 무슨 일인가 싶었다.

"이게 대체……."

대체 무슨 일이 벌어진 건지 도무지 정신을 차릴 수가 없었다.

하지만 망치에 뒤통수라도 한 대 얻어맞은 듯한 충격의 와중에도 단 하나 확실하게 알 수 있는 것은 있었다.

지금 이 사태가 결코 어영부영 진정될 사태가 아니라는 것.

대한민국에서만큼은 어떤 것도 할 수 있던 그였지만 이번만큼은 그가 할 수 있는 일이 아무것도 없었다. 그러기에는 너무 말도 안 되게 스케일이 커져 버렸다.

김종석의 그 말끔했던 얼굴은 지금 이 순간 그야말로 똥이라도 씹은 것 같은 얼굴로 변해 있었다.

*   *   *

44개 기업의 오너가 발표한 공동성명의 여파는 대한민국에 그야말로 메가톤 급 충격을 안겨주었다.

뉴스에서는 연일 그 이야기가 흘러나오고 사람들이 모이는 술자리는 그게 어느 곳이든 어김없이 한 잔 술의 안줏거리가 되었다.

급기야 사태의 추이를 지켜만 보고 있던 야당에서도 움직였다.

국민회의와 자민련 총재가 합동기자회견을 열어 국회 차원에서 이번 사태의 의혹을 밝히는 데 최선을 다하겠다는 입장을 밝힌 데 이어 임시국회 소집과 국정조사권 발동을 발표했다.

여당인 신한국당도 야권이 여권 핵심 인사의 현도 배후설을 끊임없이 제기하고 세간의 의혹이 날로 증폭됨에 따라 더는 모르쇠로 일관하지 못하고 야당이 발표한 임시국회 소집과 국정조사권 발동을 그대로 수용했다.

거기에 더해서 자체적으로 진상조사위를 구성해 여야 구분 없이 진상을 철저히 밝혀내겠다는 선언까지 했다.

이번 사태로 인해 그야말로 온 나라가 몸살을 앓고 있는 것이다.

"아주 제대로들 하네."

혁준은 돌아가는 상황을 보며 흡족한 표정을 했다.

기대 이상이었다.

그가 기업의 오너들에게 녹취록을 보낸 것은 물론 그들이 어떤 방식으로든 나서주기를 기대했던 것이 사실이지만, 공동성명 발표라는 방식으로 그 대단하신 양반들이 직접 세상에 얼굴을 비출 줄은 미처 생각 못 했다.

그도 그럴 것이 공동성명을 발표한 기업들 또한 정경 유착이란 굴레에서 완전히 자유롭지 못할 것이기 때문이다. 다시 말해 그들은 혁준이 던진 질문에 그런 부담까지 감수하고서 그 같은 행동에 나선 것이었다.

기분이 묘했다.

100점짜리 질문에 120점짜리 답을 내놓은 그들이 고맙기도 했고 그런 한편으로 지금 자신의 위치라는 것을, 그 힘이라는 것을 새삼 제대로 실감한 듯해서 흥분도 되고 떨리기도 했다.

어쨌거나 이젠 정말 그의 손을 떠났다.

하나로 뜻을 모은 국내 굴지의 기업들은 이참에 아예 후환을 없애 버리려는 듯, 아니면 혁준에게 조금이라도 더 잘 보이려는 듯 그들이 가진 인맥과 재력을 아낌없이 투하했다.

그들은 이리 떼였다.

혁준의 앞에서는 순한 양처럼 굴었지만 원래부터 그들의 본성은 잔인하고 냉혹한 늑대였다.

산을 호령하던 호랑이가 상처를 입고 약점을 보이자 그 즉시 야성의 본능을 여과 없이 드러냈다.

거침없이 달려들어 사정없이 물어뜯었다.

살점을 찢고 뼈를 으스러뜨렸다.

그 잔인하고 냉혹한 공격에 무상의 재력과 권력으로 이 나라를 호령했던 김종석과 현도그룹은 속수무책, 아무것도 할 수 없었다.

그리해 마지막 숨통마저 끊어졌다.

[44개 기업인들이 공동성명으로 성토한 현도그룹과 재무부 장관 김종석과의 정경 유착 모두 사실로 드러나다!]

[검찰, 재무부 장관 김종석 외에 현도그룹의 로비를 받은 정 관계 인사들 다수 포착. 정경 유착, 그 끝은 어디?]

[검찰, 일명 정필연 리스트 확보!]

[검찰, 일명 정필연 리스트 공개!]

[현도그룹, 정계 관계 금융계의 핵심 인사들과 결탁해 대출한 부실 대출 금액 무려 13조 4천억!]

[지난 4년간 현도그룹이 인수한 18개 회사의 인수금 역시 모두 여신 한도를 넘어선 부실 대출금이었던 것으로 판명!]

[현도그룹 공적 자금 투입과 관련, 정관계에 흘러간 돈이 무려 3천억! 이 중 대부분이 김종석 재무부 장관에게로 들어간 것으로 밝혀져!]

[정필연 현도그룹 회장, 공금횡령 및 뇌물 수수 혐의로 구속. 현도그룹으로부터 돈을 받은 정치인과 은행장 12명도 긴급 체포!]

[국회, 현도 사태 국정조사특별위원회 열어 이른바 '정필연 리스트'에 오른 정치인 33명 소환 조사!]

[검찰, 재무부 장관 김종석 씨 구속 결정!]

[현도그룹, 워크아웃 실패. 법정 관리 검토]

이것이 이른바 현도 스캔들로 명명된 사건의 결말이었다.

*   *   *

탁—

혁준이 손에 쥐고 있던 신문을 책상 위에 툭 던졌다.

다시금 신문의 헤드라인이 유독 눈에 들어온다.

[현도그룹, 최종 부도]

그 문구를 보고 있자니 온몸의 긴장이 죄다 풀리는 기분이었다.

"후우……."

드디어 끝났다는 느낌.

그동안 정말 이 하나를 위해 마치 경주마처럼 달려왔다.

승리에 대한 성취감도 잠깐, 한 경기를 전력 질주한 후의 극심한 피로감에 머릿속이 다 멍했다.

뭔가 공허하고 허무하다.

책상 위에는 수북한 서류더미들이 그의 결재를 기다리고 있었지만 지금은 만사가 다 귀찮다.

'일이고 뭐고, 집에 가서 좀 쉴까?'

하지만 이내 생각을 바꿨다.

'이번 일의 최고 일등 공신은 뭐니 뭐니 해도 녀석들인데 이런 날은 녀석들과 축하주라도 한잔해야지.'

혁준이 떠올린 것은 바보 삼형제였다.

혁준은 산더미처럼 쌓인 일은 일단 접어두기로 하고 그 길로 바보 삼형제를 찾아갔다.

그런데 바보 삼형제의 집에는 뜻밖에도 성재도 같이 와 있었다.

혁준이 성재를 보며 의아해서 물었다.

"어떻게 된 거야?"

"성재 엄마 요즘 일 시작했잖아요. 그래서 낮에는 우리가 맡기로 했어요."

그러고 보니 성재 어머니 서은정은 꽤 인정받는 카피라이터였다. 성재의 아버지 한창희와도 같은 일을 하며 만난 거라고 했었다.

"왜 탁아소에 안 맡기고 니들한테 맡겨?"

"그야 우리가 더 믿음직하니까요. 요즘 탁아소 관리 문제 때문에 말도 많잖아요."

하긴, 이젠 거의 친가족처럼 지내는 그들이었다.

그전에도 급할 때면 한 번씩 바보 삼형제에게 성재를 맡기곤 했었다.

거기다 바보 삼형제가 적극적으로 성재를 맡겠다고 했을 테니, 굳이 요즘 말도 많고 탈도 많은 탁아소에 맡기는 것보다야 바보 삼형제에게 맡기는 게 안심도 됐을 것이다.

이로써 바보 삼형제의 완성이라고나 할까?

제26장
양자이동 캡슐 Ver.2

혁준은 성재 앞에 다가가 앉았다.

진석이나 용운과는 달리 그동안 너무 정신없이 지낸 터라 한창희 부부와는 그렇게 자주 만나지를 못했다. 당연히 성재도 오랜만에 보는 것이다.

그래서 그런지 그새 부쩍 자라 있었다.

'하긴 벌써 두 돌이 넘게 지났으니…….'

어느덧 세 살이 된 성재였다.

보면 볼수록 놀랍다.

바보 삼형제 중에선 제일 덩치가 커서 산도적 같은 느낌의 성재였다. 그 산도적 같은 성재가 사슴 같은 눈망울을 가진 이 귀여운 아이로 변했다는 게 매번 보면서도 잘 실감이 나지 않았다.

'크면서 제대로 망가진 케이스라고나 할까?'

그나저나,

"넌 아직도 말을 안 하냐?"

성재가 당연하다는 듯 고개를 끄덕였다.

참 똥고집이다.

성재가 말문을 튼 것은 정확히 생후 8주하고 4일 만이었다.

"아, 떤따 나 애 이러께 땐 꺼야?(아, 진짜 나 왜 이렇게 된 거야?)"

아무래도 짧은 혀는 업그레이드된 신체 능력으로도 커버가 안 되나 보다.

그래도 귀여웠다.

생후 두 달 만에 처음으로 틔운 그 혀 짧은 발음도, 자신의 혀 짧은 발음에 놀라 눈을 동그랗게 뜨던 그 앙증맞은 표정도.

정말이지 살면서 그렇게 귀여운 모습을 본 적이 없다.

하지만 성재에게는 자신의 혀 짧은 발음이 적잖이 충격이었나 보다.

갓난아이가 혀가 짧은 거야 당연하고 그래서 발음이 부정확한 것도 당연한 일이건만 참 이상한 데서 민감하게 굴며 그 후로는 입을 닫아버렸다.

아무리 꼬드겨도 요지부동이었다.

그렇게 지낸 지가 벌써 2년이 넘었다.

그나마 부모님이 크게 걱정하지 않게 그들 앞에서는 '엄마', '아빠' 나 간단한 의사표시 정도는 그래도 해주었기에 망정이지 안 그랬으면 자신들의 아들이 지진아가 아닌지 심각하게 걱정을 하고 있었을지도 몰랐다.

그래도 원 플러스 쩜오의 징후는 확실하게 나타나고 있었다.

그리고 그것은 시간이 지날수록 더욱 뚜렷해졌다.

그 고사리 같은 손으로 자기 몸보다 큰 물건을 번쩍번쩍 들어 올릴 때면 그 괴리감에 아직도 번번이 놀라곤 한다.

지금만 해도 아장아장 걸어 냉장고를 향하는데 그 아장아장 걸음이 지나치게 굳건해서 마치 슬리퍼 질질 끌고 다니는 말년 병장의 팔자걸음처럼 느껴질 정도였다.

그런 언밸런스한 모습을 보고 있자니 자꾸만 웃음이 났다.

성재가 그런 혁준이 못마땅하다는 듯 입을 뾰루퉁이 내밀었다. 그 모습조차도 귀엽고 재미있어서,

"푸하하하하하!"

급기야 크게 웃음을 터뜨리고야 마는 혁준이다.

그런데 그때였다.

다다다다다다닷!

냉장고 문을 열려던 성재가 갑자기 혁준에게로 득달같이 달려오기 시작했다.

'뭐……?'

그 기세가 너무 사나워서 순간 움찔하는 혁준이다.

그 사이 득달같이 달려들던 성재가 달려오던 것보다 더 빠르게, 마치 로켓처럼 혁준에게로 몸을 날렸다.

너무도 갑작스럽게 벌어진 상황이었다. 게다가 워낙에 쪼그만 녀석이 로켓처럼 날아오니 혁준으로서도 그 순간 미처 방비를 못했다.

이윽고 성재의 머리가 그대로 혁준의 명치에 박혔다.

퍽!

"컥!"

명치끝에서 전해지는, 쇠망치에라도 맞은 듯한 충격에 그 자리에서 얼굴을 땅바닥에 박으며 푹 고꾸라지는 혁준이다.

그런 혁준을 보며 진석이 혀를 끌끌 찼다.

"그러게 성재 녀석 성질은 왜 건드려요? 저 녀석 요즘 성질 장난 아니에요. 애가 완전 극단적으로 과격해졌다니까요."

그러고 보니 자신도 그랬다. 지금이야 적응이 되어서 조금 덜하지만 과거의 자신과 합체가 되었던 초창기에는 가끔씩 감정의 통제가 잘 되지 않곤 했었다.

제2의 사춘기라 해야 할지 과도기라 해야 할지, 아무튼 성재도 그 같은 시기에 접어든 모양이었다. 아니, 자신의 감정을 전혀 거를 줄 모르는 어린아이다 보니 진석의 말대로 감정 기복이 더 극단적인 것일 수도 있었다.

'아무리 그래도 그렇지… 이게 감히 나한테 덤벼?'

그렇다고 해도 하극상을 용납할 혁준이 아니다.

아무리 성재가 어린아이의 탈을 쓰고 있다고 해도 엄연히 성인이란 것을 알고 있는 이상 이런 하극상은 용서 못한다.

무엇보다 애들 버르장머리는 초장부터 확실하게 잡아야 한다는 주의였다.

"너 일루 와!"

고통이 어느 정도 가시자 몸을 일으킨 혁준이 성재를 보며 손가락을 까딱까딱했다.

"……."

그렇잖아도 순간 욱해서 일을 저지르고 난 후, '아차' 했던 성재였다.

자신의 행동에 스스로도 상당히 놀라 있는 상황에서 혁준이 살벌한 표정으로 손가락을 까딱거리자 본능적으로 슬금슬금 뒤로 발을 뺐다.

그런 성재의 눈은 불안으로 떨렸고 이마 한쪽엔 식은땀도 주르륵 흘러내렸다.

그 불쌍하고 안쓰럽고 애틋하기까지 한 모습에 살짝 마음이 흔들리기도 했다. 그런 한편으로 여기서 더 나가면 자신이 너무 나쁜 놈이 되는 것 같은 기분도 들었다.

하지만,

'저 얼굴에 속으면 안 되지!'

곧바로 약해지려는 마음을 다잡았다.

저 아기천사 같은 겉모습에 속으면 안 된다.

혁준은 저 순수하고 맑은 모습 뒤에 숨겨져 있는 산도적 같은 성재의 원래 모습을 애써 떠올리며 마음을 독하게 먹었다. 그리고 다시 손가락을 까딱까딱했다.

"이리 오라니까."

도리도리.

이번에는 아예 도리도리 고갯짓까지 하며 뒷걸음질한다.

그런 와중에도 주변을 힐긋힐긋거리며 언제든 튈 수 있도록 퇴로를 살피기까지 한다.

"좋은 말 할 때 일루와."

도리도리.

"일루 오라니까!"

도리도리도리도리.

빠직―!

결국 참다못한 혁준이 행동에 나섰다.

와락 성재를 덮친 것이다.

그러나 성재는 호락호락 당하지 않았다.

단숨에 거리를 좁히며 내뻗는 혁준의 손을 살짝 몸을 틀어 가볍게 피해 버리는 것이 아닌가.

'빠르다!'

성재의 움직임이 생각보다 훨씬 더 빨랐다.

아니, 운동 능력이야 아직 혁준에 한참 모자라지만 워낙에 작은 몸이다 보니 그 움직임이 훨씬 더 민첩하게 느껴졌다.

실제로 이어진 혁준의 공격에도 요리조리 잘만 피해 다니고 있었다.

그렇게 쫓고 쫓기는 혁준과 성재의 모습은 그야말로 톰과 제리를 연상시킬 정도여서 그 재미난 구경거리에 연신 키득대던 진석과 용운이 이젠 아예 배꼽을 잡고 뒹굴었다.

그게 더 혁준의 화를 돋웠다.

"이게 정말!"

아주 단단히 화가 난 혁준이다.

처음에는 그래도 장난스러운 마음이 없잖아 있었지만 이쯤 되고 보니 더는 장난이 아니었다.

"오냐! 오늘 푸닥거리 한번 제대로 해보자!"

완전히 진심이었다.

아예 사생결단을 내기라도 하려는 듯 지금 혁준의 표정은 살벌 그 자체였다.

그 바람에 다급해진 성재였다.

사실 그로서는 지금까지 잡히지 않은 것만 해도 운이 많이 따라준 결과였다.

그것도 이젠 한계여서 궁지에 몰릴 대로 몰렸다.

그런 상황에서 혁준이 아주 죽일 듯이 달려드니 이 좁은 거실 안에는 더 이상 도망 다닐 구멍이 없었다.

'어쩌지?'

지금이라도 빌어야 할까?

지금이라도 빌면 쭌이 형님이 용서해 줄까?

성재는 고개를 잘래잘래 저었다.

'아냐! 저 인간 이미 눈 돌아갔어!'

이미 사람의 눈이 아니다.

'저건 이미 악귀라고!'

한번 눈이 돌면 물불 안 가리는 인간이다.

좀 수틀렸다고 끝끝내 현도그룹까지 박살 낸 인간이 하극상을 벌인 자신을 쉽게 용서해 줄 리가 없다.

분명히 볼기짝이라도 두들기려 할 것이 틀림없었다.

그것도 지독하게 아프게.

눈물이 쏙 빠지도록.

'아… 내가 진짜 무슨 짓을 한 거지?'

새삼 후회가 밀려든다.

정말이지 미친 짓이었다.

아니, 아예 그 순간 귀신이라도 씌었던 것 같았다.

그렇지 않고서야 하느님과 동기동창생이나 다름없는 혁준에게 자신이 그런 말도 안 되는 하극상을 저질렀을 리가 없다.

하지만 이제 와 후회해 봐야 소용없는 일이었다.

그 순간 이미 혁준이 지옥의 나찰 같은 얼굴을 하고는 광기로 눈을 번득이며 성재를 덮쳐 들고 있었던 것이다.

소름이 쫘악 돋았다.

'이러다간 진짜 죽을지도 몰라!'

그 순간 성재는 볼기짝 정도가 아니라 생명의 위협마저도 느꼈다.

살아야 한다는 본능뿐이다.

찰나간 그런 그의 시야에 지하실로 통하는 문이 들어왔다.

앞뒤 생각할 것도 없었다.

혁준의 포위망에 삼면이 다 막혀 있었다.

도망칠 곳은 그곳뿐이었다.

냅다 달렸다.

하지만 그거야말로 스스로 알아서 죽을 자리를 찾아 들어간 것이나 다름없었다. 바보 삼형제의 연구소로 마련된 그 지하실은 출입구가 하나밖에 없었던 것이다.

그런 성재의 어리석음에 혁준이 씨익 득의한 웃음을 지었다.

"니가 아주 죽으려고 용을 쓰는구나."

지금 혁준의 머릿속엔 오직 하나밖에 없었다.

하극상에 대한 합당하고도 준엄한 처결!

그런데 그렇게 지하실로 들어섰을 때였다.

당장에라도 성재를 잡아 족칠 것처럼 살기등등했던 혁준이 돌연 장승처럼 우두커니 멈춰 서서 놀란 눈을 휘둥그레 떴다.

녀석들의 연구를 위해 대대적으로 개조를 한 지하실이었다.

깊이만 해도 5미터가 넘었고 넓이는 족히 사오십 평은 될 터였다.

거기에 그 넓은 지하실 공간을 가득 채우고 있는 괴물체가 있었다.

"이게……"

그런데, 크기에서부터 보는 사람을 압도하는 그 괴물체가 어딘지 낯이 익다.

뒤따라 들어오는 진석과 용운을 보며 혁준이 황당한 표정으로 물었다.

"설마 이거… 양자이동장치야?"

그랬다.

그건 분명히 양자이동 캡슐이었다.

당연하게도 본래의 것은 아니었다.

본래의 것은 한쪽 벽을 터서 만든 은행용 금고 안에 아직도 곱게 모셔져 있었다. 게다가 원래의 것에 비해 이건 터무니없이 컸다.

본래의 것이 드럼통만 한 크기라면 이건 조금 과장을 붙여서 항공모함이다.

진석이 바로 대답했다.

"맞아요, 양자이동 캡슐. 아니, 양자이동 캡슐 Ver.2!"

아니나 다를까, 양자이동장치다.

"대체 이걸 언제 만든 거야?"

그동안 수많은 특허품을 만들어낸 진석과 용운이다.

자신보다 바빴으면 바빴지 절대로 한가하지 않았다.

대체 이런 걸 언제 만들고 있었단 말인가?

"그냥 짬짬이요. 짬짬이 조금씩 만들었어요."

"……."

이제 양자이동장치는 그들에게 짬짬이 뚝딱 만들어낼 수 있는 물건인가 보다.

"근데 뭐가 이렇게 커?"

"그야 실어 나를 게 많으니까요. 자유롭게 왔다 갔다 할 수 있게 다른 양자이동 캡슐도 하나 그쪽으로 보내야 하고 공사 장비도 필요하고 여기랑 통신이 가능한 위성도 하나 띄워야 하고……."

도대체 무슨 말을 하는 건지 모르겠다.

"대체 그걸 다 어디로 실어 나른다는 거야? 아니 그전에… 니들 대체 이걸로 뭘 하려는 건데?"

"달이요."

"뭐?"

"달에다가 우리만의 비밀기지를 만들 거예요. 멋지죠?"

"끝내주죠?"

"완전 쩔죠?"

"킥킥킥킥."

자신들이 세운 멋진 계획에 스스로들 감탄을 금치 못하겠다는 듯, 생각만 해도 신이 난다는 표정들이다. 거기에 어느새 성재마저도 합세해서는 서로를 마주 보며 득의하게 웃어댄다.

　"……"

　혁준으로서는 그저 어이가 없을 뿐이었다.

　요즘은 7살 어린아이도 유치해서 안 할 것 같은 몽상을 그들이 하고 있는 것이다.

　하지만 그럼에도 마냥 무시를 못 하겠는 것은, 그럼에도 이 바보 삼형제라면 능히 그런 몽상조차 현실로 만들어 버릴 수 있을 것 같아서였다.

　'이것들 이러다가 아주 우주 정복이라도 하겠다고 나서는 거 아냐?'

제27장
성진호라고 했지?

혁준은 그길로 다시 회사로 왔다.

간단히 축하주라도 하며 머리 좀 식히러 갔던 걸음인데 양자이동 캡슐을 보고 나니 머리만 더 지끈거렸다.

게다가 고작 몇 시간 지나지도 않았는데, 책상 위의 서류 더미들은 그새 더 늘어난 듯 보였다.

"휴우……."

절로 한숨이 나온다.

"이걸 다 언제 처리하냐?"

이럴 때면 정말이지 차유경이 간절해지는 혁준이다.

하지만 어쩌랴.

미국 일이 더 바쁜 것을.

모든 절차를 마치고 기술 단지 건설이 시작되었고 바보 삼형제에게서 나오는 특허 기술을 바로 상품화 양산화할 수 있게끔 공장 매입과 기술진도 거의 다 갖추었다.

사실 처음엔 이렇게 본격적으로 일을 추진할 생각이 아니었다.

그저 미국에 법인도 생긴 마당이니 그냥 유령 회사로 두는 건 아깝다는 생각에 미국 측 기업들과의 소통을 위한 지사 정도의 개념으로 꾸려볼 계획이었다.

그런 혁준의 생각을 끈질긴 설득으로 바꿔놓은 게 차유경이었다.

차유경의 생각도 제일린과 같았다.

한국에서는 한계가 있다는 것이다.

"그 숱한 제약과 억압으로 인해 한국에선 10년이 걸릴 일을 같은 능력 같은 노력으로 미국에선 5년, 아니, 3년이면 이룰 수 있어요. 실력에 대한 대우와 예우는 그보다도 훨씬 더 형편없구요. 경제인이 정치인의 신발끈이나 묶어주는 게 한국이란 나라의 현실이죠. 대표님께서 진정으로 세계를 무대로 꿈을 펼치고자 한다면 대표님 스스로 초월하셔야 돼요. 그래요, 나라를 버리라는 게 아니라 나라를 초월하시라는 거예요. 제가 보고 겪은 대표님은 충분히 그럴 만한 능력을 갖고 계신 분이니까. 아니, 애초에 대표님을 품을 수 있을 만큼 큰 역량을 가진 나라는 이 지구상에 없어요. 그건 미국도 마찬가지구요. 미국은 그저 그나마 나은 것일 뿐이죠."

정말이지 차유경답지 않게 오글거리는 멘트였다.

하지만 그것이 또한 진심이란 것을 안다.

그것이 진심이란 것을 알기에 같이 뜨거워져서는 미국 내 사업의 틀을 대폭 확장하기로 한 것이다. 그 바람에 여태껏 그가 이렇게 고생을 하고 있는 것이고.

그러나 아직 미국으로 가는 건 결정 못 했다.

딱히 한국이란 나라에 대한 애국심이나 미련이 있는 것은 아니었다.

받은 것도 없고 해준 것도 없다.

앞으로도 그럴 것이다.

다만 새로운 환경에 대한 막연한 거부감에 선뜻 결정을 못 내리고 있는 것뿐이다.

생각하니 괜히 머리만 더 복잡해진다.

혁준은 미국도, 차유경도 머릿속에서 털어버리고는 태산처럼 쌓인 일 처리에 매진했다.

그렇게 한참을 일에 열중하고 있을 때였다.

"대표님, 동생분한테서 전화가 들어왔습니다."

인터폰으로 그렇게 연락이 왔다.

"연결해 주세요."

이윽고 수진이와 전화 연결이 되었다.

"오빠, 바쁜데 내가 괜히 연락한 거 아냐?"

"아냐, 괜찮아. 근데 무슨 일이야? 지금 학교 기숙사 아냐?"

"응, 오늘 학부 세미나 때문에 서울 올라왔어. 지금 세미나 마치고 시간이 좀 남아서 오빠 얼굴이나 보고 갈까 하고."

"그래?"

"응, 근데 오빠 시간 돼? 내가 오빠한테로 갈까? 음, 그리고 보니까 나 오빠 회사가 어딘지도 모르네. 헤헤."

아직 가족들은 혁준이 한창 세상을 떠들썩하게 하고 있는 기가스 컴퍼니의 대표인 것을 모른다.

아직은 매스컴 노출을 최대한 피하고 있었지만 어차피 어떤 형태로든 오래지 않아 드러날 일이었다.

그전에 가족들한테 먼저 밝힐 생각이었다. 다만 그간 일도 너무 바빴고 정신도 없어서 좀처럼 마땅한 기회를 잡지 못했던 것뿐이다.

"아냐 내가 그리로 갈게. 너 지금 어디야?"

"여기? 여기 학동사거리쯤인데… 근데 정말 바쁜데 내가 방해하는 거 아냐?"

"바쁘긴 하지만 그래도 하나뿐인 여동생이 멀리서 찾아왔는데 어떻게 그냥 보내냐. 학동사거리라고 했지? 알았어. 10분만 기다려."

혁준은 반가운 마음에 단숨에 학동사거리로 뛰어갔다.

그렇게 학동사거리에 도착하니 건널목 건너편에 청바지 차림의 수진이가 보였다.

그런데 혼자가 아니었다.

수더분하게 생긴 웬 남학생과 같이 있었다.

'매제……'

수진이가 뒤늦게 혁준을 발견하고는 반갑게 손을 흔드는데 혁준의 얼굴은 이미 일그러질 대로 일그러져 있었다.

"여긴 성진호. 우리 학부 선배 겸 내 남친. 완전 곰돌이 푸우같이 생겼지? 헤헤."

수진이가 남자친구를 소개하자 남자친구가 혁준에게 꾸벅 인사를 올렸다.

"성진호입니다, 형님."

수진이의 말대로 곰돌이 푸우같이 생겼다.

키도 크지 않고 얼굴도 그리 잘생긴 얼굴은 아니다.

예전에 성진호를 처음 대면했을 때 수진이 정도 되는 퀸카가 왜 이런 애를 사귀나 했던 기억이 난다.

그런데 그런 와중에도 한 번 일그러진 혁준의 표정은 좀처럼 퍼지지 않고 있었다.

"오빠 왜 그래? 뭐 기분 나쁜 일 있어? 아, 혹시 이 사랑스러운 여동생을 엄한 놈한테 뺏긴 것 같아서 그래?"

물론 아니다.

20년 가까이 그의 매제였던 남자다.

둘이 같이 있는 모습을 너무 많이 보았다.

새삼 질투니 뭐니 그런 것을 느낄 만큼 얕은 관계가 아니었다.

그렇다고 성진호가 수진이한테 못해주거나 그런 것도 아니다.

못하기는커녕 수진이의 옆에서 평생을 헌신하며 사는 남자였다. 수진이를 위해서라면 자신의 심장이라도 기꺼이 내어놓을 수 있는 사람이었다.

그렇다고 조건이 빠지는 것도 아니다.

지금 이 나라에서 500대 기업 안에 드는, 나름 재벌가의 자식이었다.

그럼에도 성진호를 본 순간 혁준의 얼굴이 일그러진 것은, 그리고 여태껏 퍼지지 않고 있는 것은 잊고 있던 불쾌한 기억을 이제야 떠올렸기 때문이었다.

"성진호라고 했지?"

"예."

"진호라고 불러도 되지?"

성진호가 고개를 끄덕이자 혁준이 수진이에게 말했다.

"나 진호랑 할 얘기가 좀 있는데 자리 좀 비켜줄래?"

혁준의 말에 수진이가 살짝 불안해한다.

"왜? 혹시 벌써 군기라도 잡으려고 그러는 거야? 우리 이제 겨우 두 달이거든? 그렇게 심각한 사이 아니거든?"

"그런 거 아냐 인마. 그냥 따로 물어볼 말이 있어서 그래.

"오빠가 선배한테 따로 물어볼 게 뭐가 있다고? 정 물어볼 게 있으면 내 앞에서 해도 되잖아?"

"안 돼. 사나이들끼리만 해야 하는 중요한 얘기야."

못 미더운지 수진이가 뾰루퉁히 입술을 내밀어 보지만 혁준은 물러서지 않았다.

혁준의 태도가 워낙에 완고해서 결국 어쩔 수 없이 멀찍이 자리를 비켜주는 수진이다.

그러자 혁준이 바로 성진호에게 물었다.

"혹시 너, 너희 부모님한테 우리 수진이 얘기 했냐?"

"예?"

"우리 수진이 얘기 했냐고!"

"그게… 하긴 했는데…….."

"뭐? 언제? 수신이도 알아?"

"아뇨, 그게 어제 집에 들렀더니 맞선 자리가 들어왔대서요. 그래서 이미 좋아하는 사람 있다고… 아직 수진이한테는 그런 얘기까진 안 했습니다. 괜히 부담 가질 거 같아서."

순간 혁준의 인상이 더 사납게 구겨졌다.

"젠장!"

갑작스러운 혁준의 거친 말에 성진호가 어리둥절한 표정을 한다.

혁준이 답답하다는 투로 물었다.

"너 말이야. 너네 부모님이 어떤 사람들인지 알고는 있냐?"

"예? 그게 무슨 말씀이신지…….?"

알 리가 없다.

온실 속 화초로 반항 한 번 안 하고 곱게 자라온 녀석이 자신의 부모님이 얼마나 어처구니없는 위인들인지 그 실체를 어찌 알까?

하지만 이제 곧 싫어도 알게 될 것이다.

그래, 이 무렵부터였다.

이 무렵부터 그들이 결혼하기까지 2년간, 그들이 수진이에게 부린 패악이란 건 신데렐라형 드라마에서 흔히 나오는 재벌가의 패악을 고스란히 답습했다.

그 당차던 수진이가 어두운 거실에서 불도 켜지 않은 채 훌쩍이는 것을 몇 번이나 보았었다.

심지어 아버지한테까지 찾아와서 당신의 귀한 딸을 돈을 노리고 접근한 꽃뱀 취급까지 했다.

그럼에도 둘이 결혼에 성공할 수 있었던 것은 어떤 상황에서도 수진이의 옆에서 굳건히 버텨준 성진호의 우직함과 그들의 거듭된 패악질에 오기가 받칠 대로 받친 수진이의 강한 성격 덕분이었다.

하지만 결혼이 끝이 아니었다.

그 후로도 고단한 시집살이의 연속이었다.

결국 참다못한 성진호가 결혼 1년 만에 가문과 의절하고 캐나다로 이민을 가서야 수진이와 성씨 가문과의 악연이 막을 내린 것이었다.

워낙에 오래된 일이었고 그 기간도 그들이 같이 산 긴 세월에 비하면 짧았다. 또 이민을 간 후로는 워낙에 행복하게 살고 있어서 이 시절 수진이가 얼마나 힘들었는지 잠시 잊고 있었다.

그런데 성진호의 얼굴을 본 순간 그 더러웠던 기억이 한꺼번에 물밀 듯이 밀려들었던 것이다.

'내 동생에게 다시는 그런 상처를 갖게 하지 않을 것이다!'

예전에는 그럴 힘이 없었지만, 그래서 수진이가, 아버지가 당하는 모욕을 그저 무기력하게 지켜볼 수밖에 없었지만 지금은 다르다.

이젠 온갖 더러운 것들로부터 내 가족을 지킬 힘이 있다.

"진호, 넌 이대로 집으로 돌아가서 너희 부모님한테 수진이랑 헤어질 거라고 말하고 한동안 부모님 옆에 딱 붙어 있어."

"예? 그게 무슨……."

"이대로 두면 당장 내일이라도 너희 부모님이 수진이를 찾아올지도 모른다고! 무슨 말인지 모르겠어? 너희 그 잘난 부모님이 수진이를 괴롭힐 거란 말이야!"

"그럴 리가요… 저희 부모님 그렇게 몰상식한 분들 아닙니다."

"아, 그러서? 뭐, 그렇다 치고! 아무튼 만에 하나라는 것도 있으니까 지금 집에 가서 내가 하라는 대로 해. 곧 내가 다 처리할 테니까 그때까지 너희 부모님이 수진이한테 엄한 짓 못 하도록 잘 단속하라고. 수진이가 티끌만큼도 상처받지 않게! 이건 수진이 오빠로서 수진이 남자친구한테 하는 명령이니까 내 말 절대로 허투루 듣지 마! 알아들었어?"

마음 같아서는 아예 성진호와의 결혼을 파투 내버리고 싶었다.

그때의 기억을 떠올리면 성진호고 뭐고 그 일가족을 아예 풍비박산 내버려도 성이 차지 않는다.

하지만 수진이가 성진호를 얼마나 깊이 사랑하게 되는지 잘 알고 있었다.

성진호가 얼마나 괜찮은 놈인지, 수진이에게 얼마나 필요한 놈인지, 수진이가 다시 이런 놈 만나기가 쉽지 않다는 걸 알기에 차마 그들을 갈라놓을 수는 없다.

지금 그가 할 수 있는 일은 앞으로 수진이를 향할 모든 안 좋은 것들을 사전에 철저히 차단시켜 버리는 것이다.

혁준은 그길로 수진이와 헤어졌다.

성진호도 원래가 그리 아둔한 사람은 아니어서 혁준이 몇 마디 더 설명을 하자 바로 상황의 심각성을 깨닫고는 곧장 집으로 돌아갔다.

그렇게 그들과 헤어지고 돌아오는 길이었다.

혁준이 자신의 손에 들린 작은 선물 봉투를 내려다보았다.

'자, 생일선물. 실은 이거 주려고 온 거야. 내일 오빠 생일이잖아. 근데 난 학교 때매 못 오니까 미리 주는 거야. 아무튼 생

일 축하해, 오빠.'

그러고 보니 내일이 생일이란 것도 까마득히 잊고 있었다.

풀어보니 넥타이핀이었다.

정장을 잘 입지 않아서 쓸 일은 별로 없을 테지만 그 마음이 그저 고맙고 짠할 뿐이다.

그걸 보니 마음이 더 급해졌다.

'태화실업이라고 했었지?'

회사로 돌아온 혁준은 그 즉시 기가스 컴퍼니의 이름으로 태화실업 회장실로 전화를 넣었다.

*　　　*　　　*

태화실업 성광수 회장은 요즘 기분이 좋지 못했다.

둘째 아들 성진호 때문이었다.

얼마 전 평소 성진호를 좋게 보고 있던 창출신용은행의 함창원 회장이 자신의 넷째 딸과의 정혼 얘기를 슬쩍 꺼내왔다.

함창원 회장이라면 한국에서 현금 동원력으로만 따지면 다섯 손가락 안에 드는 재력가였다. 더구나 장녀는 전 법무부 장관의 차남과, 셋째 딸은 100대 기업 안에 드는 신일합섬그룹의 삼남과 결혼을 시켰을 만큼 정재계에 그 인맥이 컸다.

그런 인물로부터 사돈 제의를 받은 것은 작년 매출 순위 500위 안에 겨우 턱걸이를 한 태화실업으로서는 그야말로 제2의 도약을 할 수 있는 기회였다.

함창원 회장과 사돈만 맺을 수 있다면 태화실업을 그가 일생의 목표로 정했던 100대 기업에 그 이름을 올리는 데 큰 교두보가 될 수도 있는 것이다.

그런데, 그 좋은 기회를 성진호가 단번에 걷어차 버렸다.

이미 좋아하는 여자가 있다는 것이다.

그것도 아버지가 중소기업에 다니는, 뭐하나 내세울 것 없는 별 볼 일 없는 집안의 여식이라 했다.

'어디서 그런 근본도 없는 것을……'

당연히 노발대발하며 반대했다.

하지만 소용없을 거란 건 그가 더 잘 알고 있었다.

그의 아들은 한 번 정한 일은 목에 칼이 들어와도 바꾸지 않을 만큼 고집불통이었으니까.

그 때문에 성광수도 성광수지만 집안 분위기 자체가 말이 아니었다.

오히려 그보다 더 극성인 그의 아내는 아예 오늘 아들 녀석이 좋아한다는 여자를 만나서 직접 담판을 짓겠다며 단단히 벼르고 있기까지 했다.

아내의 불같은 성정을 잘 아는 그로서는 걱정이 되는 부분이 없잖아 있었지만, 그렇게라도 그 여자가 자신의 아들과 헤어져 주기만 한다면 그걸로 다행이라고 생각했다.

기가스 컴퍼니로부터 연락이 온 것은 그 무렵이었다.

"회장님, 기가스 컴퍼니 대표란 분에게서 전화가 들어왔는데 어떻게 할까요?

비서의 말에 순간 귀가 번쩍 뜨이는 성광수다.

'기가스 컴퍼니라니?'

이 나라에서 기업을 하는 사람치고 기가스 컴퍼니란 이름을 모르는 사람이 누가 있겠는가.

국내 굴지의 기업주들이 공동성명을 발표하게 하고 현도 그룹을 하루아침에 망하게 한 그 배후에 기가스 컴퍼니가 있다는 것은 이미 웬만한 사람들은 다 아는 공공연한 사실이었다.

국내 굴지의 기업들을 움직여 그 대단했던 현도를 짓뭉개 버린 것도 그렇지만, 기가스 컴퍼니와 기술제휴를 맺었는지 그렇지 못했는지의 차이가 곧 그 기업의 등급을 나타내는 바로미터가 되어버렸을 만큼 지금 이 나라 경제계에 절대적인 영향력을 가진 곳이 바로 기가스 컴퍼니였다.

그런 곳에서 태화실업에 연락을 해온 것이다.

"얼른 연결해! 얼른!"

비서한테 그렇게 지시를 내리고 바로 수화기를 들었다.

그러자,

"기가스 컴퍼니 대표 권혁준입니다."

젊지만 힘이 느껴지는 목소리가 수화기 너머로 들려왔다.

기가스 컴퍼니의 대표가 상당히 젊은 사람이란 것 정도는 귀동냥을 통해 들어두었던 터라 새삼 놀랍지는 않았다.

"아, 예. 성광수입니다. 그런데 권 대표님께서 무슨 일로……."

"내일 좀 뵈었으면 하는데 시간 괜찮겠습니까?"

"예? 아, 예. 괜찮습니다. 아니, 기가스 컴퍼니의 대표님께서 만나자시면 저야 없는 시간이라도 내야지요."

비싼 척 굴거나 자존심을 챙기기에는 급이 달라도 너무 달랐다.

이럴 때는 그저 납작 엎드리는 게 최선이었다.

"그럼 내일 뵙도록 하죠."

약속 시간과 약속 장소만을 알려주고는 바로 '딸칵' 끊어버린다.

전화가 끊기고도 성광수는 한동안 멍하니 수화기를 내려다보았다.

그런 그의 얼굴에 서서히 희망이 차오른다.

'설마… 우리와 기술제휴를 맺겠다는 건 아니겠지?'

지금까지 기가스 컴퍼니와 기술제휴를 맺은 곳은 적어도 200대 기업 안에 들어가는 곳뿐이었다.

태화실업 같은 곳은 명함조차 내밀어볼 수 없는 곳이었다.

하지만 설마 하는 마음이면서도, 아무리 생각해 봐도 기가스 컴퍼니가 태화실업에 연락해 올 이유가 기술제휴 말고는 달리 없었다.

생각이 거기까지 미치자 입이 귀에 걸렸다.

성진호의 일로 좋지 못했던 기분이 말끔히 사라졌다.

기가스 컴퍼니와의 기술제휴는 태화실업이 얻게 될 실익 면에서 함창원 회장과 사돈을 맺는 것과는 차원이 달랐다. 아니, 그 자체로 태화실업의 위상을 적어도 두 단계는 더 업그레이드시켜 줄 것이 분명했다.

'드디어 우리 태화에게도 기회가 온 것이야!'

*　　　*　　　*

혁준은 깔끔하게 정장 차림을 했다.

넥타이를 매고 어제 수진이한테 받은 넥타이핀도 꽂았다.

정말 드물게 말끔하게 차려입은 정장이다.

그만큼 지금 혁준은 비장했다.

그런데 성광수를 만나기 위해 약속 장소로 막 나가려던 참이었다.

성진호에게서 급한 연락이 왔다.

"형님, 큰일 났습니다."

"무슨 일이야? 큰일이라니?"

"제가 일이 있어서 잠깐 자리를 비운 사이에 어머니가……."

"뭐?"

"어머니가 수진이를 만나러 갔답니다."

"아니, 왜? 헤어졌다고 말 안 했어?"

"그게… 제가 거짓말이 서툴러서……."

"대체 뭘 한 거야! 거짓말이 안 됐으면 단속이라도 잘했어야 할 거 아냐!"

혁준의 윽박에 수화기가 조용해졌다.

그 조용한 침묵 속에서 성진호가 얼마나 암담해하고 있는지 여실히 그려졌다.

혁준은 잠시 화를 가라앉히고 물었다.

"얼마나 됐어?"

"예?"

"너네 엄마가 수진이를 찾아간 지 얼마나 됐냐고!"

"그게… 두 시간 정도 된 것 같습니다."

"젠장!"

두 시간이면 이미 대전에 도착하고도 남을 시간이다.

"아무튼 끊어!"

혁준은 전화를 끊고 곧장 밖으로 뛰어 나갔다.

지체할 시간이 없다.

이미 늦었을지도 모르지만 일단은 수진이한테 가봐야 했다.

그렇게 혁준은 곧장 대전으로 차를 몰았다.

이번만은 티끌만 한 상처도 남기고 싶지 않았는데, 그렇게 아무런 상처도 없이 모든 사람의 축복 속에서 행복한 기억만 가지고 살게 하고 싶었는데…….

안일했다.

이럴 줄 알았으면 성광수를 어제 당장 만났어야 했다.

성진호한테 그 정도로 당부를 했으니 하루 정도는 괜찮겠지 하고 너무 안일하게 생각했다.

성진호를 탓할 것도 없다.

자신의 부모님이 얼마나 극성맞은 사람들인지 아직 제대로 모르니 '우리 부모님이 설마' 하는 마음이 있었을 것이다.

그것까지 생각해서 판단했어야 했는데 그러지 못한 것은 전적으로 자신의 잘못이다.

자책이 커지니 마음도 급해진다.

고속도로를 탄 벤츠는 시속 200㎞를 넘어가고도 점점 더 그 속도가 높아지고 있었다.

그렇게 정신없이 달린 끝에 카이스트에 도착했다.

혁준은 바로 수진이가 다니는 학부를 찾아갔다. 그리고 수소문 끝에 수진이가 수업을 받고 있다는 강의실에 도착해서 벌컥 문을 열었다.

강의가 한창인 상황, 모두의 놀란 시선이 혁준을 향했다.

그 놀란 시선들 속에 수진이의 것이 있었다.

"오, 오빠?"

수진이가 놀람, 의아함, 반가움이 한데 뒤섞인 눈으로 혁준을 본다.

하지만 지금 혁준의 눈에는 그 많은 감정 중에 딱 하나만 보였다.

서러움이다.

작고 흐렸던 서러움이 혁준을 보자 마치 휴지에 물이 번져 가듯 그렇게 수진이의 얼굴을 가득 적셨다.

이미 만난 것이다.

성진호의 어머니와.

그리고 예전처럼 또 입지 말아야 할 상처를 입은 것이다.

그 순간 혁준은 속에서 뜨거운 불기둥이 치미는 것을 느꼈다.

"무슨 일이야 갑자기? 강의실 문을 벌컥 열었을 땐 얼마나 놀랐는 줄 알아?"

수진이가 강의실에서부터 혁준을 졸래졸래 쫓아오며 물었다.

수진이를 데리고 학부 교사를 벗어난 혁준이 그제야 걸음을 멈추고 물었다.

"너, 진호 어머니 만났지?"

혁준의 말에 수진이가 놀란 눈을 동그랗게 떴다.

"오빠가 그걸 어떻게 알아?"

"진호한테 들었어. 무슨 말 하셨어?"

"아니, 뭐 그냥……."

"다 알고 왔으니까 숨기지 않아도 돼. 안 좋은 소리 들었지?"

"칫! 다 알고 왔다면 물을 것도 없겠네 뭐. 근데 진짜 어이없는 거 있지. 난데없이 찾아와서 집안이 어떠네 가문이 어떠네… 이제 선배랑 사귄 지 두 달밖에 안 됐는데 결혼은 무슨 결혼이냐고. 누가 그 선배랑 결혼한대? 웃기지도 않아 정말."

버럭 화를 내기도 하고 콧방귀를 끼기도 하면서 속의 걸 다 털어놓긴 하지만 이제 열아홉 살의 어린 나이에 너무도 일찍 겪어 버린 어른 세계의 일은 그렇게 간단히 털어낼 수 있는 것이 아니었다.

여전히 그 얼굴 한편에는 그늘이 있다.

"근데 뭐, 대단한 집안이긴 하더라. 평소에 워낙에 소탈한 선배라서 그렇게 대단한 집안 자제라고는 생각도 못했다니까. 말로만 듣던 재벌 2세더라고."

"대단한 집안은 무슨. 그래 봤자 중소기업이지."

"왜? 우리나라에서 500대 기업 안에 들면 대단한 집안 아냐? 우리 집에 비하면 진짜 으리으리한 거지."

"우리 집안이 어때서?"

"나도 그렇게 말해줬지. '우리 집안이 어때서요? 아버지 평생 성실하게 일하셨고 우리 오빠도 돈 잘 벌어요'라고. 근데 콧방귀만 끼던데? 아무튼 그 아줌마 진짜 재수 없어. 어떻게 그런 아줌마 밑에서 그런 선배가 나온 거지?"

그나마 지금은 이렇게 투덜거릴 수 있을 정도로 상처가

깊지는 않아서 다행이다.

하긴, 이제부터였다.

이제부터가 수진이에게 있어선 지옥의 2년이 시작된다.

물론, 그렇게 두진 않는다.

"너 지금 나랑 같이 올라가자."

"응? 지금? 어딜? 안 돼. 아직 수업 두 개 더 남았어."

"하루 땡땡이쳐. 그런다고 낙제 안 되잖아."

"낙제는 무슨! 나 장학금 노리고 있단 말이야. 수업 빠져서 장학금 놓치면 오빠가 책임질 거야?"

"책임질게. 몇 배로 책임질 테니까 일단 같이 올라가."

그렇게 말하고는 수진이를 자신의 벤츠에 태웠다.

그리고 휴대폰을 들었다.

"아, 저 권혁준입니다. 예, 오늘 좀 일이 생겨서 약속 장소를 변경해야겠습니다. 그럴 게 아니라 제가 댁으로 찾아뵙겠습니다. 괜찮겠습니까?"

잠시 후 통화를 마친 혁준이 휴대폰을 내려놓자 수진이가 새삼 감탄한다.

"최고급 벤츠에 휴대폰에… 이럴 때보면 진짜 내 오빠 아닌 것 같다니까. 게다가 오늘은 정장까지 입고. 완전 사업가 포스 작렬! 어? 근데 내가 사준 넥타이핀 했네?"

"뭐, 마땅히 찰 만한 게 없어서."

사실 넥타이핀이야 수두룩했다.

기업주들로부터 받은 것 중에는 수천만 원을 호가하는 것도 있었다.

하지만 어차피 천만 원짜리든 만 원짜리든 그에겐 다 싸구려긴 마찬가지다.

중요한 것은 정성과 마음.

역시 정성과 마음이 우선순위가 되는 것도 다 가진 자의 여유인가 보다.

어쨌든 어렵게 고르고 골라 선물한 넥타이핀을 혁준이 차고 있는 것이 기분 좋은지 연신 헤실거리던 수진이다.

그러다 다시 궁금해져서 물었다.

"근데 오빠, 우리 정말 어디 가는 거야? 혹시 오빠 생일 파티?"

"생일 파티는 무슨. 나 그렇게 한가한 사람 아니거든?"

"그럼 어디 가는데?"

"그냥 가보면 알아."

제28장
내가 애 오빠다

혁준이 그렇게 수진이를 태우고 도착한 곳은 청담동의
고급 주택가였다.

먼저 앞장서서 걷던 혁준이 어느 거택 대문 앞에 멈춰 섰
다.

수진이는 이 모든 게 어리둥절할 뿐이다.

"여기 누구 집인데?"

혁준은 이번에도 제대로 대답해 주지 않고 대뜸 초인종
부터 눌렀다.

띵동······♪

"예, 누구세요?"

가정부로 보이는 여성의 목소리가 들려왔다.

"권혁준이라 합니다. 성 회장님과는 약속이 되어 있습니다."

그 순간 인터폰 너머로 부산스러운 소리가 들리는가 싶더니 이내 대문 문이 열렸다.

그리고 그 안에서 성광호가 마치 임금님 행차라도 되는 양 아예 버선발로 뛰어 나왔다.

"서, 성광호입니다. 권 대표님께서 이런 누추한 곳까지 찾아주셔서 정말 영광입니다!"

아예 얼굴조차 제대로 확인하지 않은 채 허리를 구십 도로 숙이며 양손으로 악수를 청해온다.

체면이고 뭐고 없다.

어제 하루 그저 풍문으로만 듣던 기가스 컴퍼니에 대해 알아볼 수 있는 만큼 알아봤고 알면 알수록 얼마나 대단한 곳인지, 얼마나 무서운 곳인지 더욱 절절하게 깨달았다.

그의 손짓 한 번이면 태화실업은 단번에 100대 기업으로 올라설 수도 있고 그의 입김 한 번이면 태화실업은 그 즉시 가루로 변해 버릴 수도 있다.

지금 눈앞에 있는 이 청년은 바로 그런 존재였다.

성광수의 비굴하게까지 느껴지는 그 저자세에 혁준의 입

가에는 찰나간 조소가 스쳐 갔다.

과거 상견례 자리에서 한껏 거만을 떨던 모습이 지금의 비굴한 모습과 겹쳐지니 절로 비웃음이 나왔다.

하지만 애써 그런 속마음을 감추고 성광수가 청한 악수에 응했다.

"권혁준입니다."

"자자, 이렇게 아니라 어서 안으로 들어가시죠."

성광수가 급히 그를 집 안으로 안내했다.

그러다 문득 수진이를 발견하고는 의아해했다.

"이분은 뉘신지……."

비서라고 하기에는 너무 어렸고 옷차림도 적절하지 않았다.

"제 여동생입니다."

순간, 놀란 얼굴이 되는 성광수다.

이런 자리에 여동생을 대동했다는 게 선뜻 이해가 되지 않는다. 하지만 의문은 잠깐이고 이어진 것은 극진한 공손이었다.

"아, 여동생분이시군요. 어쩐지… 여동생분도 정말 대단한 미인이십니다, 허허. 아, 여동생분도 어서 안으로 드십시오."

얼떨떨하기는 수진이도 마찬가지다.

이렇게 좋은 집에 사는 사람이면 사회적으로도 꽤 높은 지위를 가지고 있을 텐데, 나이도 지긋한 사람이 나이 어린 혁준 앞에서 저렇게 지극한 태도를 보이니 뭐가 뭔지 어리둥절하기만 했다.

그렇게 얼떨떨한 기분으로 성광수의 재촉을 받아 몇 걸음 내디뎠을 때였다.

저 안에서 현관문이 열리며 부랴부랴 뛰어 나오는 중년 부인을 발견하고는 그 자리에 그대로 얼어붙어 버렸다.

바로 몇 시간 전에 만났던, 별로 떠올리고 싶지 않은 기억을 남기고 간 성진호의 모친 문분홍 여사였던 것이다.

뒤늦게 단장을 하고 귀한 손님을 맞으러 부랴부랴 뛰어 나오던 문분홍도 수진이를 발견하고는 어리둥절한 표정을 했다.

"저게 왜 여길……?"

무심결에 튀어나온 말에 기겁을 하는 성광수다.

"아니 이 사람! 권 대표님 동생분께 그 무슨 실례되는 말이야!"

"예? 저게… 권 대표님의 동생이라구요?"

"아니 이 사람이 그래도! 어이쿠 이거, 권 대표님 죄송합니다. 저 사람이 좀 못 배워놔서……."

여전히 뭐가 뭔지 모르겠다는 표정의 문분홍과는 달리

수진이는 그제야 대강의 상황을 파악했다.

혁준이 데리고 온 이곳이 성진호의 집이었던 것이다.

대강의 상황은 파악했지만 의문은 오히려 더 커졌다.

성진호의 아버지는 국내 500위 안에 드는 기업의 오너라고 했다.

그런 대단한 사람이 혁준에게 왜 저렇게 굽실거리는 것일까?

수진이 그렇게 의아히 혁준을 보고 있는데, 성광수가 문분홍을 재촉했다.

"아, 이 사람아! 뭘 그렇게 멀뚱히 있어? 얼른 들어가서 마실 거랑 준비하지 않고!"

수진이를 보며 마치 귀신에라도 홀린 듯한 표정이던 문분홍이 성광수의 재촉에 얼떨떨해하면서도 급하게 집 안으로 들어간다.

"이거 참, 귀하신 분이 오셨는데 자꾸만 결례를 범하는군요. 권 대표님이 집으로 오신다기에 너무 당황해서 아무 준비를 못 한 탓이니 너그러이 이해해 주십시오."

성광수가 몸 둘 바를 모르겠다는 표정으로 그렇게 말을 하고는 다시금 집 안으로 안내를 시작했다.

혁준에 대한 의문이야 어떻든, 이곳이 성진호의 집이란 것을 알고 나니 선뜻 걸음이 떨어지지 않는 수진이다.

수진이가 겁먹은 사슴 눈을 하며 자신을 보자 혁준이 수진이의 손을 단단히 잡아주며 걸음을 이끌었다.

그리해 성진호의 집에 들어섰다.

집 안은 TV에서 자주 보던 여느 재벌집 저택과 크게 다르지 않았다.

성진호는 보이지 않았다.

아무래도 사업상 중요한 손님을 맞는 거다 보니 잠시 자리를 비우게 한 것 같았다.

혁준과 수진이가 집 안으로 들어서자 성광수가 거실 소파에 자리를 권했다.

성광수가 권하는 대로 수진이와 함께 소파에 앉았다.

그 사이 문분홍이 차와 다과를 내어왔다.

그 순간 혁준의 눈이 문분홍과 마주쳤다.

사납다 못해 얼음처럼 차가운 눈빛이었다.

지은 죄가 있다 보니 문분홍은 더 당황해서 어쩔 줄을 모른다.

그 와중에도 혁준의 동생이 진호와 사귄다던 바로 그 아이라는 사실을 성광수한테 말해야 하나 무척이나 갈등하는 표정이다.

하지만 혁준의 날카로운 눈빛에 차마 입을 열 용기조차 내지 못한다.

그렇게 불안과 당황으로 안절부절못하는 문분홍과는 달리 혼자 헛다리를 긁으며 한껏 기대에 부풀어 있는 성광수다.

혁준은 그런 성광수를 보며 다시 한 번 가벼운 조소를 머금은 뒤 바로 본론으로 들어갔다.

"제가 이렇게 성 회장님을 찾아뵙게 된 것은……."

혁준이 그렇게 운을 떼자 성광수는 성광수대로, 문분홍은 문분홍대로 잔뜩 긴장해서는 '꿀꺽' 침을 삼켰다.

"성 회장님의 둘째 아드님 문제 때문입니다."

기술제휴에 대한 이야기를 기대했던 성광수로서는 혁준의 말이 너무도 뜬금없게 들릴 수밖에 없었다.

"무슨 말씀이신지……?"

"제 여동생이 성 회장님의 둘째 아드님과 사귀고 있다고 하더군요."

"그게 무슨……?"

성광수가 그 예기치 못한 말에 어리둥절하며 수진이와 문분홍을 번갈아 본다.

누구 하나 혁준의 말을 부정하는 사람이 없다.

'뭐야? 그럼 정말 우리 진호가 사귀는 여자가 권 대표의 동생이라고? 별 볼 일 없는 집안이라 하지 않았어? 아니 가만, 아까 저 여편네가 만나러 가서 진호한테서 떨어지라고 단단히 일러뒀다고 했는데?

생각이 거기에까지 미치자 성광호의 얼굴이 이내 사색이 된다.

그제야 혁준의 얼굴이 그리 호의적이지 않다는 걸 깨닫는 성광수다.

한껏 기대로 부풀었던 성광수의 눈이 아득한 절망으로 바뀌어가는 것을 보며 혁준이 말을 이었다.

"그래서 둘째 아드님을 좀 단속해 주십사 말씀드리려고 이렇게 결례를 무릅쓰고 회장님을 찾아온 것입니다."

"……."

"제 여동생에게 어울리는 짝은 제가 달리 생각해 둔 바가 있어서요."

혁준의 말이 거기까지 이르러서야 성광수는 보다 정확히 앞뒤 정황을 파악할 수 있었다.

아들이 사귀고 있다는, 무엇 하나 내세울 것 없는 집안의 여식이 사실은 기가스 컴퍼니 대표의 여동생이었다.

혁준이 이렇게 그의 집까지 찾아온 것은, 기술제휴니 뭐니 그딴 것 때문이 아니라 그의 내외가 별 볼 일 없는 집안의 여식이라는 이유로 수진이를 반대했던 것처럼 혁준도 똑같은 이유로 그의 아들을 반대하고자 찾아왔다는 것이다.

화가 안 난다.

화도 안 날 만큼 그냥 납득이 된다.

그도 그럴 것이, 국내 10대 기업의 오너들조차 머리를 조아리는 것이 이 눈앞의 젊은 청년이었다.

그런 그의 눈에 태화실업은 굴러다니는 먼지나 다름없다. 세상에 굴러다니는 먼지와 사돈을 맺고 싶은 사람이 어디에 있겠는가?

하지만 반대로 이건 성광수의 입장에선 하늘이 내려주신 기회였다.

'기가스 컴퍼니 대표와 사돈이 된다?'

이건 기술제휴하고는 차원이 다른 문제였다.

그야말로 황금이 트럭째 굴러 들어온 것이나 다름없었다.

황금이 트럭째로 굴러 들어왔는데 그걸 순순히 놓아줄 바보가 세상천지 어디에 있겠는가 말이다.

"저기… 권 대표님께서 저희 자식 놈을 탐탁지 않아 하시는 거야 십분 이해를 합니다만 그래도 요즘 젊은 사람들이란 게 어디 부모 말을 듣나요? 지들 좋으면 그만인데… 오히려 주위에서 말리면 더 뜨거워지는 것이 요즘 사람들이니 일단은 그냥 지켜보시는 게 어떨지……."

"크흠!"

성광수의 말에 혁준은 짐짓 불쾌하다는 듯 크게 콧바람을 토했다.

그 콧바람에도 태화실업 정도는 흔적도 없이 날아갈 수 있다는 걸 알기에 순간 간이 콩알만 해지는 성광수다.

괜한 욕심에 혹시라도 혁준을 화나게 한 거나 아닌지 혁준의 눈치를 살피기에 바쁘다.

그런 성광수를 보며 혁준이 보다 단호한 어조로 말했다.

"분명히 말씀드렸을 텐데요? 제 동생에겐 달리 생각해 둔 짝이 있다고."

"……."

"성 회장님께서 그리 생각하신다면 할 수 없군요. 동생을 유학이라도 보내는 수밖에. 태화실업과 사돈을 맺고 싶은 마음은 추호도 없으니까. 아실 테지만 태화실업이 어디 우리 권 씨 집안에 가당키나 합니까? 격이 떨어져도 너무 떨어지죠. 사람들이 분수를 알아야지 말이야. 양심이 있으면 그럼 안 되잖아요. 안 그래요?"

혁준은 아예 대놓고 성광수를 뭉갰다.

그건 지난날 성광수 내외가 그의 가족에게 했던 말을 그대로 읊은 것이었다.

어차피 좋은 말로 상대해 봤자 좋은 말로 돌려줄 사람들이 아니다.

강자한테 약하고 약자한테 강한 사람들이다. 그렇다면 수진이를 위해서라도 절대적인 강자의 권위로 철저하게 내리눌러서 수진이가 자신들의 아래가 아님을 단단히 각인시켜 놔야 했다.

"아무튼 제가 하고 싶은 말은 다 했고 회장님도 말귀가 어두우신 분은 아닐 테니 이만 가보겠습니다."

그러고는 곧바로 수진이를 데리고 일어섰다.

그러다 문득 생각났다는 듯 덧붙였다.

"아, 그리고 오늘 사모님께서 제 동생을 찾아오셨던 일 말인데……."

순간 문분홍과 성광수가 얼음처럼 굳어버렸다.

"그 일은 뭐, 몰라서 그런 것이니 더 따지지는 않겠습니다만… 그래도 제겐 그리 유쾌한 기억은 아니니 가능하면 두 분 얼굴을 다시 뵐 일이 없었으면 좋겠군요."

혁준의 말은 그것으로 끝이었다.

"아니, 저기 잠깐만……."

다급해진 성광수가 혁준의 팔을 붙들려 했지만 혁준은 그런 성광수의 팔을 간단히 뿌리치고는 성광수의 집을 나왔다.

그리고 성광수가 쫓아오든 말든 눈길 한 번 주지 않고 차에 올라 시동을 걸었다.

그렇게 혁준과 수진이 떠나자, 그 모습을 아무것도 못 한 채 그저 애타게 지켜보던 성광수가 문분홍에게 난리를 쳤다.

"그러게 왜 쓸데없는 짓은 하고 난리야, 이 망할 여편네야!"

"아까는 당신도 잘했다고 그래놓고서는 왜 이제 와서 나한테만 그래요?"

"아, 몰라! 당신 때문에 회사 망하게 생겼어. 기가스 컴퍼니라고 기가스 컴퍼니! 기가스 컴퍼니의 대표와 사돈지간이 될 수도 있는 기회를 날리게 생겼단 말이야! 아니지? 여기서 포기할 순 없지! 당신 내일 당장 그 아가씨를 찾아가서 사과부터 해!"

"예?"

"'예?'는 무슨 '예?' 야! 우리 회사가 망하게 생겼다니까? 저 사람이 손가락만 하나 까딱해도 우리 태화는 그날로 끝장이라고!"

"아무리 그래도 그렇지, 화라도 좀 가라앉은 다음에 만나야 서로 좋은 낯으로……."

"세월 좋은 소리 하고 있네! 그 아가씨가 화를 가라앉힐 동안 우리 태화가 살아 있으리란 보장이 있어? 잔소리 말고 내일부터 아예 대전으로 출퇴근을 해서라도 그 아가씨 화가 풀릴 때까지 싹싹 빌어! 보름이 걸리든 한 달이 걸리든 완전히 화가 풀릴 때까지 싹싹 빌란 말이야! 내 말 무슨 말인지 알아들어?"

성광호의 말에 이젠 아예 울상이 되어버리는 문분홍이다.

불과 몇 시간 전에 온갖 거만이란 거만은 다 떨어대며 그렇게 무시하고 모욕을 줬는데, 당장 내일부터 정반대의 처지에 놓이게 된 것이다.

하지만 어쩌겠는가? 당장 회사가 망하게 생겼다는데.

지금껏 누려온 것들을 잃을 바에야 차라리 자존심이고 뭐고 다 버리고 무릎이 닳도록 비는 게 나았다.

한편, 수진이를 태우고 집으로 향하던 혁준은 수진이의 따가운 시선에 안심시키듯 말했다.

"걱정 마. 그 사람들한텐 그냥 좀 강하게 나갈 필요가 있어서 그런 것뿐이니까. 너네 애정사에 일일이 간섭할 생각 없어. 진호가 좋은 놈이란 것도 알고."

하지만 수진이가 혁준을 뚫어져라 보고 있는 것은 그것 때문이 아니었다.

"오빠 대체 정체가 뭐야?"

"정체가 뭐냐니?"

"오빠 하는 일이 뭐냐고."

"그냥 사업한다고 했잖아."

"그냥 사업하는 정도가 아니잖아? 그냥 사업하는 사람한 테 진호 선배 아버님이 그렇게 굽실거릴 리가 있어? 그것도 사업 시작한 지 몇 년 되지도 않았는데? 대체 무슨 일 해? 얼마나 성공한 건데? 회사 이름은 뭐야?"

연이어 속사포처럼 질문들이 퍼부어진다.

가만히 듣고 있던 혁준이 질문들이 끝나자 한 템포 쉬고 말했다.

"자세한 건 집에 가서 말해줄게. 어차피 아버지도 같이 들으셔야 하고."

이제는 정말 말해줄 때가 됐다. 지금 이 타이밍이 가장 적절할 듯싶었다.

"그나저나 넌 괜찮아?"

"응? 뭐가?"

"아까 진호 어머니한테 당한 거 말야."

"아, 그거? 완전 괜찮아졌지. 아까는 진짜 완전 짜증 나고 화나고 재수 없고 그랬는데, 아까 진호 선배 엄마가 오빠랑 눈 마주칠 때마다 겁먹은 얼굴로 막 당황하는 거 보니까 안 좋았던 기분이 싹 가시더라고. 이렇게 통쾌했던 적은 중학교 때 성은이 그 계집애한테서 전교 일등 빼앗았을 때

이후 첨인 거 같아. 헤헤헤헤."

입술을 쏙 내밀며 귀엽게 웃는 얼굴에는 정말로 아까의 그늘이나 서러움은 한 점도 보이지 않았다.

"뭐, 그럼 됐고. 그래도 혹시 모르니까 진호 어머님이 찾아와서 사과라도 하면 절대로 쉽게 받아주지 마."

"진호 선배 어머니가 나한테 사과하러 올 거라고?"

"아마도."

"진짜?"

"너한테 용서받기 전에는 그 사람들 아예 잠도 편히 못 잘 걸?"

"오빠가 진짜 대단해지긴 대단해졌나 보다. 근데 왜 용서해 주지 말라는 거야?"

"쉽게 얻는 것에 감사할 사람들이 아니니까. 오히려 만만히 보고 깔보기나 하지. 니가 어려운 사람이란 걸 이참에 확실하게 보여주는 게 좋아.

"오호! 오빠가 그렇게 말하니까 진짜 뭔가 좀 있어 보인다. 알았어! 만약에 진호 선배 어머니가 찾아와서 사과하면 완전 도도하게 굴어줄게! 진호 선배한텐 좀 미안하지만."

어지간히도 기분이 좋은지 한껏 업되어 있는 수진이다.

그렇게 집으로 돌아오는 길이었다.

집 근처에 다다랐을 때쯤, 창밖을 보던 수진이가 의아해했다.

"오빠, 저 차들 좀 봐. 이 동네에 대통령이라도 왔나 봐?"

혁준도 보고 있었다.

이 시절에는 쉽게 볼 수 없는 최고급 외제 세단이 큰길부터 좁은 골목길 사이사이까지 가득 채우고 있었다.

대통령의 행차라도 이처럼 많은 차가 동원되진 않을 것 같았다.

'설마……'

짚이는 것이 있었다.

그 순간 혁준의 얼굴에는 약간의 귀찮음이 떠올랐다.

그러나 확신할 수는 없어서 설마 하는 심정으로 차에서 내려 집으로 향했다.

그렇게 집 앞에 도착하니 '설마' 하던 마음은 이내 '역시'로 바뀌었다.

그도 그럴 것이, 족히 수백 명은 넘을 듯한 사람들이 그의 집 앞에 줄지어 서 있었는데 하나같이 낯이 익은 얼굴들이었다.

그건 수진이에게도 마찬가지였다.

"오빠, 저 사람들……."

전부는 아니지만 개중 몇몇은 수진이도 알고 있는 얼굴이었다.

"저 사람 삼화그룹의 김승훤 회장 맞지?"

TV에서 본 적이 있다.

뿐이랴, 우성전자의 이정우, LI그룹의 주본회, 만우건설의 김청우 등등등… 놀랍게도 그들은 소위 이 나라의 경제를 지탱하고 있다는 대기업 총수들이었던 것이다.

그 대단한 사람들이 혁준이 나타나자 앞 다투어 혁준에게로 몰려들었다. 그리고 우성전자의 이정우를 필두로 공손히 인사를 건네 왔다.

"허허, 권 대표님, 생신을 축하드립니다."

그 현실 같지 않은 광경에 수진이가 멀뚱히 혁준을 본다. 수진이뿐만 아니라 대체 무슨 일인가 싶어 구경하던 주민들도 의아한 눈으로 혁준을 보고 있다.

그 속에서 혁준은 그저 귀찮게 되었다는 듯 머리를 긁적였다.

'이거 참, 동네방네 소문 다 나겠네.'

제29장
정말
기가스 컴퍼니의 대표야?

원래부터 그럴 계획은 아니었던 것 같다.

아무래도 자칫 무례가 될 수도 있기에 10대 기업의 오너들은 따로 약속을 잡아서 회사로 찾아올 계획이었다고 한다.

하지만 그건 어디까지나 느긋한 자의 생각이었고, 어떻게든 혁준과 인연을 만들고 싶어 하는 사람들은 일단 이 좋은 명분을 놓칠 수가 없어 발품 파는 심정으로 직접들 혁준의 집을 찾은 것인데, 처음에는 십여 명이었던 것이 거기에 경쟁사들이 다급히 하나둘 끼어들면서 인원은 삽시간에 불어났고 어느 순간부터는 그 자리에 빠지는 것이 오히려 무례나 건방짐으로 비쳐질 수 있을 정도가 되어버렸다는 것이다.

어쨌든 그 바람에 가족들에게 상황 설명 하기는 편해졌다.

"니가 기가스 컴퍼니의 대표라고?"

"정말? 오빠가 기가스 컴퍼니의 대표야?"

"너도 기가스 컴퍼니를 알아?"

"알지 당연히! 우리 학교만 해도 온통 거기 얘기로 떠들썩해. 수업의 절반은 기가스 컴퍼니 얘긴데 뭐. 거기서 나오는 기술 하나만 파고들어도 학위 논문이 수십 개는 쏟아지니까."

가족들에게 설명하기는 편해졌지만 걱정대로 소문이 순식간에 퍼졌다.

그날부터 집으로 온갖 잡상인들이 다 몰려들었다.

친인척들의 전화로 전화벨은 쉬지 않고 울렸고, 평소 왕래가 없던 먼 촌수의 친척들까지 찾아와서 무슨 콩고물이나 떨어지지 않을까 눈이 벌게서 달려들었다.

복권에 당첨된 사람들이 왜 힘들어하는지 새삼 실감이 되었다.

오죽했으면 그 완고하던 아버지조차 질린 얼굴로 '이사

가자' 라는 말을 꺼냈을까.

하지만 혁준은 이사를 생각하고 있지 않았다.

이민을 생각하고 있었다.

이쯤 되고 보니 이민에 대한 생각이 보다 확고해졌다.

한국에 더 머물러 있기에는 불편한 것들이 너무 많아진 것이다.

혁준이 그런 생각을 하고 있을 무렵이었다.

우성의 이정우로부터 뜻하지 않은 소식을 들었다.

"아무래도 현도의 정필연 회장이 이번 광복절에 특별사면 대상으로 뽑힐 것 같습니다."

이게 무슨 소린가 싶었다.

초유의 정경 유착 스캔들로 대한민국을 발칵 뒤집어놓은 사람이 형을 받은 지 몇 달이나 되었다고 벌써 특별사면이라니?

어떻게 된 일이냐고 물었더니 이정우도 자세한 것은 모른다고 했다.

머릿속에서 이미 지운 이름이었다.

부자는 망해도 3년은 간다지만, 현도를 잃고 모든 권세를 손에서 놓은 정필연에겐 감옥 안이든 감옥 밖이든 사는 게 지옥인 건 매한가지일 테지만 이 이해 안 되는 상황이 영 개운치 않았다.

그래서 이런저런 소식통을 통해서 알아봤다.

이정우의 말은 사실이었다.

이미 정필연이 특별사면 대상으로 내정되어 있었다.

하지만 그 이유까지는 혁준의 정보력으로도 알아낼 수 없었다.

그때였다.

제일린 화이트로부터 연락이 왔다.

한국에 들어왔다는 것이다.

차유경의 옆에서 한창 법률적 자문 역할을 해주고 있어야 할 그녀가 이 중요한 시기에 왜 한국에 들어온 건지 의아해하고 있는데, 얼마 안 있어 비서 이아영으로부터 제일린 화이트가 회사에 도착했다는 보고가 들어왔다.

그런데, 그렇게 난데없이 혁준을 찾아온 제일린 화이트는 혼자가 아니었다.

"이분은……?"

"주한 미국 대사인 미스터 레이니예요."

"반갑습니다, 미스터 권. 주한 미국 대사 제임스 레이니입니다. 편하게 제임스라고 불러주십시오."

혁준은 자신에게 손을 내밀고 있는 50대 중반의 인상 좋은 미국인을 보며 얼떨떨한 기분일 수밖에 없었다.

'주한 미국 대사라고?'

이 역시도 난데없다.

"권혁준입니다."

혁준이 그렇게 얼떨떨한 기분으로 제임스 레이니의 손을 맞잡으며 제일린을 보았다.

"미스터 제임스가 보스를 꼭 좀 만나게 해달라고 해서요. 용건을 들어보니 나쁜 얘기는 아니라 이렇게 모시고 왔어요."

제일린의 말에 혁준이 다시 제임스 레이니에게로 눈을 돌렸다.

그러다 아차 싶어 급히 자리를 권했다.

그렇게 세 명이 각자 자리를 잡고 앉은 후 혁준이 궁금해하던 것을 물었다.

"주한 미국 대사께서 제게 무슨 용건이 있다는 건지……?"

제일린처럼 유창하지는 않지만 그래도 대화를 하는 데는 크게 무리가 없는 한국어로 제임스 레이니가 대답했다.

"저는 미국 정부를 대신해서 미국 정부의 뜻을 미스터 권에게 전하려고 왔습니다."

"미국 정부요?"

"예, 미국 정부는 미스터 권에게 호의를 가지고 있습니다. 그래서 지난날 한국의 재무부 장관이 미스터 권에게 가한 위해와 협박에 대해서도 상당히 유감스럽게도 생각하고 있습니다."

"······."

"그러나 안타깝게도 그게 한국의 현실입니다. 한국이란 나라는 인재가 성장하기에는 척박하고 제약이 많은 나라이지요. 미국과는 달리 말입니다. 미국 정부는 미스터 권이 자유와 기회의 땅 미국에서 그 재능을 마음껏 펼쳐 보기를 간절히 바라고 있습니다."

"그게··· 무슨 뜻이죠?"

혁준이 여전히 이해 못 하겠다는 얼굴을 하자 제임스 레이니가 그의 앞으로 서류 봉투 하나를 내밀었다.

"미국 정부에서는 미스터 권이 미국 시민권을 획득하는 데 필요한 모든 절차를 끝냈습니다. 여기에 사인만 하시면 미스터 권은 미국 시민으로서 누릴 수 있는 모든 권한을 누릴 수 있게 될 것입니다."

"······!"

"급하게 생각 않으셔도 됩니다. 언제든 상관없습니다. 필요할 때, 미스터 권이 그러고 싶을 때 여기에 사인을 해서 제게 주십시오. 미스터 권을 위해서라면 미국 정부는 얼마든지 기다릴 준비가 되어 있습니다."

혁준은 자신의 앞에 놓인 서류 봉투를 보며 전혀 생각지도 못한 제안에 아직도 얼떨떨한 얼굴을 하고 있었다.

"이걸 어떻게 해석해야 되죠?"

혁준이 서류 봉투에서 눈을 돌려 제일린을 보았다.

제일린이 대답했다.

"제임스 레이니가 말한 그대로예요. 미국 정부에서 보스를 원하고 있는 거죠."

"왜요?"

"그야 보스가 가진 그 기술력이 얼마나 엄청난 것인지 알기 때문이죠. 그래서 그 기술력을 미국이 소유하고 싶은 거구요. 비단 미국만이 아니에요. 제대로 된 정보를 가진 모든 나라가 보스를 탐내고 있어요. 단지 미국이 조금 더 좋은 조건으로 조금 더 빨리 움직였을 뿐이죠."

"그러니까 정말로 여기에다 사인만 하면 미국 시민이 된다는 겁니까?"

"미국 시민이 되는 것뿐만이 아니에요. 서류들을 읽어보시면 아시겠지만 그 안에는 보스가 미국 시민이 되었을 때 보스가 받을 수 있는 각종 혜택들에 대한 것도 명시되어 있어요. 그중 하나만 언급을 하자면, 지금 미국 조지아 주에서 추진하고 있는 기술 단지 말이에요, 모든 세금을 감면해 주는 것은 물론이고 앞으로 기술 단지 내에 들어가는 부대

시설이나 엄청난 비용의 최첨단 설비까지 모두 무상으로 제공하겠다는 조항이 있어요. 심지어 보스가 원하시기만 한다면 조지아 주와는 반대편에 있는 서부의 네바다나 유타 주에 지금 건설 중인 것과 같은 규모의 기술 단지를 기증하겠다는 조항도 있죠."

"……."

터무니없다 싶을 만큼 좋은 조건에 혁준이 사실이냐는 투로 제임스 레이니를 보았다.

제임스 레이니가 바로 고개를 끄덕였다.

"그만큼 우리 미국 정부는 미스터 권과 기가스 컴퍼니의 가능성을 높이 보고 있으니까요."

거기에 제일린이 덧붙였다.

"단순하게 생각하세요. 일종의 스카우트 제의인 셈이죠. 아주 좋은 조건의… 단지 회사에서 회사로 옮기는 것이 아니라 나라에서 나라로 옮긴다는 것이 차이가 있을 뿐이죠."

나라에서 나라로 옮기는 만큼 그 스케일 한번 크다.

혁준이 다시 서류 봉투를 내려다보았다.

아직도 여전히 얼떨떨하긴 하지만 어쨌든 그에게 해가 되는 제안은 아니라는 것이다.

아니, 이게 웬 떡인가 싶었다.

어차피 미국 이민 쪽으로 마음을 굳힌 상태였는데 이런

부가적인 혜택까지 받게 되었으니 마치 길 가다 공돈이라도 주운 기분이었다.

그것도 어마어마하게 큰돈을.

이래저래 마다할 이유가 없다.

하지만 서둘지 않았다.

이럴 때일수록 최대한 비싸게, 도도하게 굴어야 했다.

그를 간절히 원하는 만큼 그래야 뭔가 하나라도 더 안겨줄 테니까.

그런데, 그가 딱히 비싸고 도도하게 굴기도 전이었다.

그저 고민하는 기색만 살짝 보여줬을 뿐인데도 제임스 레이니가 대뜸 하나를 더 안겨주었다.

"혹시… 전 현도그룹 회장 정필연 씨가 이번 광복절에 특별사면 대상으로 내정되었다는 거 아십니까?

알고 있다.

알고는 있지만 그 사실이 미국 대사의 입에서 나올 줄은 미처 생각 못했던 터라 혁준이 어리둥절한 표정을 지었다.

"알고는 계셨던 모양이군요. 그럼 한국 내 여론의 매서운 질타를 감수하면서까지 그런 부담을 안고 정필연을 특별사면 대상에 넣은 이유도 알고 계십니까?"

혁준의 귀가 쫑긋 세워졌다.

"대사님은 그 이유를 알고 계신단 말씀이군요."

"예, 한국에서 일어나는 모든 일을 다 알고 있다고 해도 과언이 아닌 것이 미국의 정보력이니까요."

"이유가 뭐죠? 혹시 이것도 제가 미국 시민이 되어야 얻을 수 있는 혜택입니까?"

"아닙니다. 어디까지나 이건 미국 측이 미스터 권에게 보내는 호의의 표시라고만 생각해 주십시오."

그리해 이어진 제임스 레이니의 말은 그야말로 충격적이었다.

"현도와 김종석 사이에 오간 로비 자금, 그 정경 유착의 고리에 현 대통령의 아들이 연루되어 있기 때문입니다."

"......!"

"현 대통령의 아들이 공적 자금의 투입에도 직접적으로 관여를 했습니다. 사실 아무리 김종석이 이 나라의 실세이고 이 나라의 경제권을 한 손에 움켜쥐고 있다고 해도 무려 30조 원에 달하는 공적 자금의 투입을 그 혼자서 그렇게 간단히 결정할 수는 없는 일이죠."

"......."

"그 덩치 큰 현도가 그렇게 빨리 문을 닫은 것도, 한국을 발칵 뒤집어놓은 그 초유의 스캔들이 불과 몇 개월 사이에 후다닥 마무리가 된 것도 그 때문입니다. 화살이 현 대통령의 아들에게 닿기 전에 서둘러 꼬리 자르기를 한 거죠. 그

때 그들 사이에 모종의 거래가 오갔고 그 거래 중 하나가 이번 특별사면 건입니다. 아마도 전 재무부 장관 김종석도 이런저런 이유로 감형이 되어 곧 나올 겁니다."

제임스 레이니가 밝히는 충격적인 사실들은 그 후로도 더 이어졌다.

충격적인 사실들이 하나둘 이어질수록 오히려 혁준의 표정은 점점 더 차분해지고 냉정해지고 있었다.

그런 혁준을 보며 제임스 레이니가 마지막으로 덧붙였다.

"어떻게 하시겠습니까? 이쯤에서 손을 떼겠습니까? 아니면 더 싸우시겠습니까? 여기서 멈추지 않으면 미스터 권은 일개 개인으로 이 나라 정부를 상대해야 할지도 모릅니다. 당연히 그건 현명한 일은 아니죠. 하지만 그래도 계속 싸우시겠다면, 그땐 우리 미국이, 미국 정부가 미스터 권을 돕겠습니다. 물론, 그때는 우리에게도 미스터 권을 도울 명분을 주셔야겠지요."

명분이란 당연히 미국 시민이 되는 것이다.

그렇다고 해도 파격적인 제안이 아닐 수 없었다.

자칫 한국과의 우호 관계에 금이 갈 수도 있는 일이었다.

그런데도 그런 손해와 위험을 감수하면서까지 혁준을 도울 용의가 있다는 것은, 미국 정부는 혁준의 가치를 오랜

전략적 우호국보다도 더 높게, 더 중하게 생각하고 있다는 뜻이었다.

혁준은 복잡한 머릿속을 정리하기 위해 가만히 눈을 감았다.

제임스 레이니는 그런 혁준을 뜨거운 시선으로 바라보며 그의 대답을 기다렸다.

"좀 더 생각해 보도록 하죠."

혁준은 일단 즉답은 피한 채로 제임스 레이니와 헤어졌다.

그렇게 제임스 레이니와 헤어져 자신의 차에 오른 혁준은 방금 제임스 레이니로부터 건네받은 자료들을 살펴보았다.

그 안에는 지난번 검찰이 발표한 일명 '정필연 리스트'가 담겨 있었다.

아니 정확히는 미국 정부에서 따로 입수한, 걸러지고 누락되지 않은 '정필연 리스트 원본'이라고 하는 게 맞다.

'이걸 보시면 아실 겁니다. 정필연과 김종석을 더 물고 늘어지는 것이 왜 대한민국 정부와 싸우는 것이 되는지. 물론 이건 증거로서 효력이 없는 자료들입니다. 하지만 미스터 권이 결심만 하신다면 그동안 우리 측에서 모은, 증거로서 효력이 있는 모

든 자료를 넘겨 드리겠습니다.'

대강 훑어만 봤는데도 엄청났다.

검찰이 발표했던 33명의 국회의원은 그저 빙산의 일각에 지나지 않았다.

특히 혁준을 놀라게 한 것은 그 리스트에는 현 대통령의 아들을 포함해 이름만 대면 전 국민이 알 법한 여야의 거성이 무려 일곱 명이나 기재되어 있다는 것이다.

정필연의 특별사면이 그제야 완전히 이해가 되었다.

이 정도의 끈이 이어져 있다면 특별사면이 아니라 무죄방면도 가능할 듯싶었다.

제임스 레이니의 말대로였다.

그가 여기서 더 나가면 그 상대는 현도나 김종석이 아니라 대한민국 정부가 될 수밖에 없다.

그는 그저 현도와 김종석을 원했을 뿐이다.

대한민국 정부를 상대로 싸울 생각은 전혀 없었다.

대한민국 정부와 싸울 생각도 없을뿐더러 여기에 적힌 내용들을 보면 혹여 이긴다고 해도 그 후에 있을 파장이 도무지 감당이 안 된다. 상상을 초월하는 혼란이 야기될 것이 불을 보듯 뻔했다.

그건 혁준으로서도 부담스러운 일일 수밖에 없었다.

'여기서 그만할까?'

제임스 레이니의 말대로 현도고 김종석이고 간에 다 잊어버리는 게 현명한 일일 수도 있었다.

사실 현도의 부도와 김종석의 구속으로 마음속 울분은 모두 털어버린 상태였다.

물론 아직 그들이 괘씸하고 그들이 다시 세상으로 나온다는 것이 꺼림칙하긴 했지만 그것이 대한민국 정부를 상대로 싸울 만큼의 응어리는 아니었다.

'어차피 세상 밖으로 나온다고 해도 재기는 불가능할 테고.'

무엇보다 피곤했다.

더는 이런 잡스러운 일로 골머리를 앓고 싶지 않았다.

그냥 마음 편하게 기가스 컴퍼니를 키우는 데만 전념하고 싶었다.

혁준은 그렇게 그냥 무시하는 쪽으로 결론을 내렸다.

하지만 안일한 생각이었다.

그건 그 혼자 무시해 버린다고 해서 끝날 일이 아니었다.

그 현실을 깨닫기까지는 그리 오랜 시간이 필요치 않았다.

시작은 언론이었다.

[과연 현도그룹은 그렇게 사라져야 했는가?]

[경쟁사들의 현도 죽이기. 그 배후에 기가스 컴퍼니가 있었다!]

[현도그룹은 집단이기주의의 억울한 희생양]

[미국 법인 회사의 횡포에 한국 경제의 큰 별이 지다]

갑자기 현도그룹에 대한 호의적인 기사들이 쏟아져 나오기 시작했다. 반대로 기가스 컴퍼니에 대한 비난 기사들이 연일 신문지상을 뜨겁게 달궜다.

그 바람에 여론의 동향마저도 현도에 대한 동정과 기가스 컴퍼니에 대한 거부감, 그리고 미국 자본이 자신들의 이익을 위해서 한국의 건실한 기업을 무너뜨렸다는 악질적인 음모론까지 대두되고 있었다.

그런 상황을 지켜보고 있는 혁준은 그저 어이가 없고 황당할 뿐이었다.

현도에 대한 호의적인 기사들이야 앞으로 있을 특별사면에 대한 여론 무마용일 테지만, 기가스 컴퍼니를 향한 날선 공격은 지나치게 악의적이었고 노골적이었다.

'설마… 날 노리는 건가?'

그 순간 머리에 떠오른 것은 '정치 보복'이었다.

정필연 리스트에 올라 있는 실질적인 주인공들.

자신들의 돈줄인 현도를 무너뜨리고 자칫 자신들의 정치 생명마저도 위협케 한, 혁준에 대한 정치 보복을 위한 첫 단계로 여론 몰이부터 시작한 것이 아닌가 하는 의심이 들었다.

그 의심은 다음 날, 확신으로 바뀌었다.

혁준은 차를 타고 잠실대교를 건너던 중이었다.

뭔가 뒤통수가 근질거려 뒤를 돌아보니 그의 눈이 닿는 곳에 낯이 익은 검은색 세단이 있었다.

그랬다.

차량의 모양새도, 번호판도 낯이 익었다.

우연이라고 하기에는 요즘 들어 너무 자주 눈에 띄었다.

특히 기가스 컴퍼니에 대한 부정적인 여론몰이가 시작되고부터는 더 빈번했다.

짐작되는 것이 있었다.

그래서 확인 차 미 대사관으로 전화를 걸었다.

—미스터 권, 어쩐 일이십니까?

"아, 제임스. 다름이 아니라 차량 조회 좀 부탁할까 해서요. 가능할까요?"

―차량 조회라면……?

"요즘 저를 미행하는 것 같은 차가 있어서요."

의아해하는 제임스 레이니였지만 사태가 심상치 않음을 깨닫고는 이내 그렇게 해주겠다고 했다.

혁준은 검은색 세단의 차량 번호를 읊어주었다.

제임스 레이니의 대답이 들려온 것은 그러고 나서 채 5분도 되지 않아서였다.

―한국 정부 차량이라는군요. 안기부 쪽에서 주로 쓰는…….

혹시나가 역시나로 바뀌는 순간이었다.

그도 그럴 것이 그의 예민한 감각으로도 미행을 이제야 눈치챘다는 것은 그들이 제대로 된 프로라는 뜻이었다.

'정치 보복'을 인지한 상황에서 당장 떠올릴 수 있는 곳은 안기부뿐이었다.

"이 비서님."

"네."

"저희 가족들을 경호하고 있는 경호팀에게 연락해서 혹시 감시나 미행이 붙어 있는지 확인 좀 해주세요."

알아보니, 그렇잖아도 경호팀에서 이미 수상한 자들을 인지하고 면밀히 살피고 있던 중이라고 했다.

그 보고를 받고 나니 가슴이 턱 막히는 느낌이었다.

혁준은 한국 정부와 싸울 생각이 없었지만 그들은 이미 자신을 적으로 간주하고 있는 것이다.

당장은 혁준이 보여준 그 대단한 영향력에 차마 직접적인 위해를 가하거나 협박을 해오지는 않았지만 만일 혁준에게 틈이 보이는 순간 그들은 하이에나처럼 혁준의 살점을 물어뜯으려 할 것이 분명했다.

그건 현 정권이 끝나도 마찬가지일 것이다.

현도의 검은 고리가 엄연히 야당에도 미치고 있는 만큼 그들에게도 혁준의 존재는 위협이 될 수밖에 없으니까.

그제야 혁준은 이 싸움이 피할 수 있는 싸움이 아니란 것을 깨달았다.

'언제 터질지 모르는 시한폭탄을 안고 평생을 살아갈 수는 없는 일이니까.'

가족들의 안전을 생각해서라도 이제는 둘 중 하나를 결정해야 했다.

한국을 떠나느냐, 아니면 한국에 남아 진흙탕 싸움을 계속하느냐.

만일 진흙탕 싸움을 계속한다면 그건 정말이지 처절한 싸움이 될 것이다.

군사정권에서부터 지금의 정권까지, 아니, 그 이전의 자유당 시절도 마찬가지다. 앞으로 들어설 새로운 정권도 다르지 않다.

정권의 이름만 달라졌을 뿐, 기득권자들이 수십 년간 자신의 부와 권력을 다져 온 나라였다. 그 뿌리 깊은 부패와 싸운다는 것은 그가 상상하는 이상으로 피곤하고 지저분한 싸움이 될 터였다.

그렇게 해서 그 처절하고 길고 긴 싸움의 끝에 승리한다고 하더라도 그 역시 만신창이가 될 것이 뻔했다.

자신들의 부와 권력을 지키기 위해서라면 그 어떤 뻔뻔하고 황당한 짓이라도 할 수 있는 것이 그들이니까.

상식이 통하지 않는 상대와 싸우는 것만큼 피곤한 일도 없으니까.

고작 이런 일에 아까운 시간을 낭비하고 싶지 않았다.

결정은 빨랐다.

그리해 다시 제임스 레이니에게로 전화를 걸었다.

"제임스, 시민권에 대해서 좀 더 구체적으로 얘기를 나눠 보고 싶습니다만……."

그래.

미국으로 간다.

하지만 이대로 죄인처럼 쫓기듯 한국을 떠나진 않을 것

이다.

그리해 그로부터 일주일 후였다.

혁준은 기가스 컴퍼니의 대표 자격으로 공식 기자회견을 열었다.

제30장
세계를 향한 교두보

기자회견장에는 수많은 기자가 몰려와 있었다.

기가스 컴퍼니란 이름만으로도 그 넓은 회견실을 가득 채웠다. 거기에는 해외 유수의 언론사들도 포함되어 있었다.

그렇게 뜨거운 분위기 속에서 기가스 컴퍼니의 대리인 제일린 화이트가 회견장으로 들어서고 있었다.

그런데, 놀랍게도 그 뒤로 주한 미국 대사 제임스 레이니가 같이하고 있었다.

회견장 안에 소요가 인 것은 당연했다.

이런저런 웅성거림이 이어지는 중에 제일린 화이트가 단상에 섰고 제임스 레이니가 그런 제일린 화이트를 보좌하듯 그 뒤에 자리를 잡았다.

"저는 기가스 컴퍼니의 법률 대리인 제일린 화이트입니다. 먼저 오늘 저희 기가스 컴퍼니의 기자회견 자리에 바쁘신 와중에도 이렇듯 참석해 주신 많은 내외신 기자 여러분께 감사의 인사를 드립니다. 저희가 여러 내외신 기자분들을 이렇게 청한 것은 더는 진실을 외면하고 묵인할 수 없다는 생각으로 왜곡되고 가려진 이 나라의 부패와 비리에 대해 세상에 알리기 위함입니다. 자세한 것은 기가스 컴퍼니의 대표가 직접 여러분들께 말씀을 드릴 것입니다. 질문은 모든 발표가 끝난 다음에 받도록 하겠습니다."

그렇게 말을 맺은 제일린 화이트가 단상에서 내려오자 좌측 통로에서 한 젊은 청년이 걸어 나왔다.

혁준이었다.

"안녕하십니다. 기가스 컴퍼니의 대표 권혁준입니다."

그렇게 운을 떼는 혁준의 말은 차분하면서도 정중했고, 그러면서도 힘이 넘쳤다.

순간, 회견장 안이 다시금 술렁였다.

주한 미국 대사가 나타났을 때와는 비교도 안 되는 소란이었다.

그도 그럴 것이, 소문으로만 듣던 기가스 컴퍼니의 대표가 공식 석상에 이렇게 얼굴을 비춘 것은 처음이었던 것이다.

사실 그냥 대리인을 내세울 수도 있었다.

하지만 그래서는 오늘 발표할 내용의 신뢰성에 영향을 미칠 수 있다 생각했다.

또한 기가스 컴퍼니의 대표가 같은 한국인이란 것만으로도 항간에 떠돌고 있는 '외국계 자본의 횡포'라는 부정적인 여론도 상당 부분 무마시킬 수 있다는 판단하에 여러 가지를 따져 이렇듯 직접 나서기로 한 것이다.

혁준은 회견장 안의 소란이 가라앉기를 차분히 기다렸다가 말을 이었다.

"오늘 이 자리를 빌려 이렇듯 슬프고도 안타까운 내용으로 기자회견을 가지게 된 것을 저희 기가스 컴퍼니는 실로 유감스럽게 생각합니다. 하지만 현재 한국에서 벌어지고 있는 부도덕하고 비상식적인 일에 대해 저희 기가스 컴퍼니는 참을 수 없는 분노와 함께 비탄을 느끼고 이렇게 공식 기자회견을 열게 되었습니다."

그렇게 운을 뗀 혁준은 잠시 좌중을 둘러보고는 다시 입을 열었다.

"얼마 전 한국 유수의 기업들이 모여 공동성명문을 발표했습니다. 한국의 뿌리 깊은 정경 유착에 대한 통렬한 자성의 목소리였기에 실로 정의롭고 아름다운 모습이 아닐 수 없었습니다. 여러분도 잘 아시다시피 그 내용 중에는 저희 기가스 컴퍼니가 당한 부당한 압력에 대해서도 일부 언급이 되어 있었습니다. 그 모든 것은 명백한 사실임을 기가스 컴퍼니의 이름으로 밝혀 두는 바입니다. 원하신다면 전 재무부 장관이 제게 가한 협박의 증거로 원본 녹취록을 제공할 용의도 있습니다."

녹취록을 공개한다는 말에 잠시 기자회견장이 웅성거렸다.

"아시다시피 기업주들의 용기 있는 행동에 부패한 기업은 문을 닫았고 초유의 정경 유착 사태도 전 재무부 장관을 비롯해 관련자들의 색출로 마무리가 되었습니다. 아니, 마무리가 되었다 생각했습니다. 하지만 며칠 전, 저는 놀라운 사실을 알게 되었습니다. 검찰에서 공개한 정필연 리스트가 사실은 이 나라 권력의 핵심들에 의해 축소되고 조작된, 더 큰 부정을 감추기 위한 꼬리자르기식 수정본이었다는 것입니다.

폭탄 발언이었다.

"……!"

"……!"

"물론 증거도 있습니다. 정필연 리스트, 그 원본을 저희가 확보했으니까요."

혁준이 가지고 온 서류 하나를 들어 올렸다.

"이것입니다. 이것이 지난 수년 동안 암암리에 있어왔던 현도그룹의 정관계 로비 내역인, 이른바 '정필연 리스트' 그 원본입니다. 그리고 이 안에는 여야를 막론하고 이 나라의 정치를 이끌어가고 있는 재선 삼선의 현직 국회의원들이 대거 포함되어 있는 것은 물론이고 심지어 현 대통령의 아들까지 그 정경 유착의 고리에 깊이 연루되어 있음이 명기되어 있습니다."

순간 숨죽이고 있던 회견장이 급격하게 술렁이기 시작했다.

그만큼 지금 혁준이 발표하고 있는 내용은 충격적인 것이었다.

혁준은 그런 소란의 와중에도 꿋꿋하게 말을 이어갔다.

"아시는 분들도 계실 테지만, 이번 광복절 특사 명단에 어처구니없게도 정필연 씨의 이름이 올라 있습니다. 물론 이는 다들 짐작하시겠지만 이 원본 '정필연 리스트' 속에 포함된 인사들의 입김이 크게 작용한 것입니다. 단지 심증만이 아닙니다. 그들 간에 오간 모종의 거래에 대한 명백한 증거 또한 이미 확보하고 있으니까요. 해서, 저희 기가스 컴퍼니는 더 이상 이 나라에 현도그룹과 같은 부정하고 부당하며 부패한 기업이 나오지 않기를 바라며, 또한 제 모국인 이 나라 정계가 뿌리 깊은 부패에서 벗어나 깊은 자정의 노력을 기울여 줄 것을 간절히 염원하며 원본 정필연 리스트와 더불어 관련 증거들도 모두 공개하기로 결정했습니다. 관련 증거들은 기자회견이 끝나는 대로 각 언론사에 배포될 예정입니다."

마지막으로 제임스 레이니 주한 미국 대사로부터 미국 정부의 공식적인 입장 표명이 이어졌다.

그리고 이어진 질문 시간은 정해진 20분에서 두 시간이 더 초과가 되도록 끝나지 않았다.

*   *   *

또 한 번 세상이 발칵 뒤집혔다.

[기가스 컴퍼스가 공개한 '원본 정필연 리스트' 모두 사실로 드러나다!]

[현도그룹 공적 자금 투입과 관련, 정관계에 흘러간 돈은 기존에 알려진 3천억이 아니라 8천억! 5천억에 달하는 차액이 현

대통령의 차남 김철현 씨에게로 들어간 것으로 밝혀져!]

　[정필연 전 현도그룹 회장, 광복절 특사 자격 박탈!]

　[국회, 다시 국정조사특별위원회 열어 이른바 '원본 정필연 리스트' 에 오른 정치계 핵심 거물 인사 7명 전원 소환 조사!]

　[검찰, 현 대통령의 차남 김철현 씨와 국가안전기획부 운영 차장 김섭기 씨 구속!]

　그렇게 또 한 번 한국 정재계를 발칵 뒤집어놓은 혁준은 그 즈음 해서는 이미 미국 이민 준비를 마무리하고 있었다.
　미국 정부 측은 혁준이 생각하는 이상으로 그에게 많은 혜택과 세심한 배려를 해주었다.
　기가스 컴퍼니 법인이 있는 조지아 주에 그가 살 대저택도 마련해 주었고 기술 단지가 완공되기 전까지 임시로 사용할 수 있게끔 조지아 공대의 기술연구소도 일부 임대해 주었다.
　뿐만 아니라 미국 시민이 되는 조건으로 혁준이 요구한 까다롭고 무리한 조건들도 흔쾌히 다 들어줘서 오히려 미안한 마음까지 들 정도였다.

그때까지도 한국은 여전히 시끄러웠다.

여야에서는 서로 날 선 책임 공방을 계속하고 있었고 대통령은 정경 유착의 권력형 비리에 자신의 아들이 연루된 것에 책임을 통감한다면서 한국이 진정으로 선진화되려면 지난 시대의 잘못된 의식과 관행, 풍토를 과감하게 바꾸어야 한다며 앞으로는 부정부패를 단호히 척결해 나갈 것임을 강조하기도 했다.

금융계에 불어닥친 사정의 칼날도 매서워서 그로 인해 연쇄적으로 드러나는 부정과 비리들로 금융계뿐만 아니라 재계, 정관계 할 것 없이 한국이 온통 몸살을 앓고 있었다.

그런 뉴스들을 볼 때면 기분이 묘했다.

전 같았으면 그런 부정과 부패와 비리들에 분노도 하고 회의감도 느끼고 했을 텐데 왠지 별다른 감흥이 없었다. 그저 미국 시민권을 땄을 뿐 그의 바탕이 한국인인 것은 변함이 없는데도 마치 제3국의 정치 상황을 보고 있는 것처럼 거리감이 느껴졌다. 아니, 보다 객관적이 되고 관조적이 되는 느낌이었다.

그게 썩 나쁘지 않았다.

자유롭다고 해야 할지 홀가분하다고 해야 할지, 마치 무거운 짐 하나를 내려놓은 느낌이었다.

게다가 그사이 그와 그의 가족에게 붙어 있던 감시도 사라지고 없었다. 아무래도 미 대사관 측에서 혁준이 미국 시민권자인 것을 들어 한국 정부에 강력 항의라도 넣은 것 같았다.

그러고 보면 미국 시민권자라는 것만으로도 일종의 권력이 되는 것이 이 시대의 한국인 모양이었다.

그래 봐야 이제는 떠나야 할 나라였다.

딱히 기한을 정한 것은 아니었지만 이왕 떠나기로 한 거라면 최대한 빨리 신변 정리를 마칠 생각이었다.

이미 가족들의 동의는 얻어놓았다.

아버지를 설득하는 일이 제일 어려울 줄 알았는데 의외로 쉬웠다.

"어차피 한국을 떠나야 하는 거라면 나는 네 엄마가 있는 프랑스로 가마. 기러기 남편 짓도 지겹고."

군사정권이 끝나고 첫 정부나 마찬가지였다.

아직은 법보다는 주먹이 더 가까운 한국이었다.

권력을 쥔 자들이 얼마나 비상식적이 될 수 있는지 숱하게 보아왔던 터, 세상이 다 떠들썩한 마당에 아버지 홍석이라고 사태의 심각성을 모를 리 없었던 것이다.

게다가 혁준이 기가스 컴퍼니의 대표란 것이 알려진 이후로 온갖 잡스러운 일에 많이 시달리다 보니 차라리 잘됐다 하는 심정이기도 했다.

어쨌든 혁준으로서는 반가운 일이었다.

아버지가 미국이 아니라 프랑스를 택한 것도 좋았다.

지금이야 미국과의 이해관계가 맞아떨어져서 한 배를 탔지만 앞으로 그 관계가 언제 어떻게 될지 아무도 모르는 일이었다. 미국이란 나라가 그렇게 신뢰할 만한 나라도 아니었고 그들의 관계 자체도 신뢰나 우정이 바탕이 된 것이 아니라 어디까지나 실리가 바탕이 된 것이었으니까.

언제든 틀어질 수 있다.

만에 하나 그렇게 관계가 틀어지게 될 경우 그의 가족이 미국에 남아 있다면 자칫 미국 측의 볼모가 될 수도 있는 일이었다.

생각이 거기에까지 미치자 혁준은 수진이의 학교도 그런 기준에서 찾았다.

미국 측에서는 수진이가 유학할 만한 학교로 이른바 아이비리그라 불리는 미국 사립명문대 몇 곳을 추천했지만 영국의 옥스퍼드나 케임브리지로 방향을 선회했다.

인문 법학 계열이야 말할 것도 없거니와 과학기술 쪽으로 미국 사립명문대들에 비해 결코 못하지 않은 곳이었다.

무엇보다 끌리는 것은 기부금 입학이 가능하다는 것이다. 미국 측의 지원을 받지 못하는 상황에서 그 같은 조건은 절실할 수밖에 없었다.

물론 기부금 제도가 활성화되어 있는 미국 사립명문대들에 비해 영국의 기부금입학제도는 조금 더 제한적이고 가산점을 인정하는 정도에 불과했지만 수진이의 실력이라면 그 정도만 돼도 충분할 거라 믿었다.

동반 유학 형식으로 성진호도 같이 세트로 묶었다.

물론 바보 삼형제도 같이 간다.

성재의 부모님도 같이 가기로 했다. 처음에야 난색을 표했지만 미국에 그들만의 광고 회사를 차려주고 기가스 컴퍼니가 뒤에서 전폭적으로 밀어주겠다고 약속을 하는데 그 제안을 마다할 이유가 없는 것이다.

그렇게 일사천리로 일을 정리하던 중이었다.

제임스 레이니로부터 미 대사관으로 와주십사 하는 연락이 왔다.

미국 대사관으로 제임스 레이니를 찾아가니 제임스 레이니는 혼자가 아니었다.

'필립 하비브…….'

아는 사람이었다.

얼마 전 소개를 받았다.

미국 정부 측 사람으로 앞으로 미국 정부의 뜻을 혁준에게 전하고 또한 혁준의 뜻을 미국 정부에 전달하는 역할을 하게 될 사람이라고 했다.

일종의 가이드이자 미국 정부와의 소통 창구인 셈이다.

"절 보자고 한 게 필립이었습니까?"

"예, 마침 한국에 올 일이 있기도 했고 그런 참에 미스터 권에게 긴히 상의드릴 것도 있어서요."

"저한테 상의할 거라뇨?"

혁준의 반문에 필립 하비브가 혁준에게 서류 하나를 내밀었다.

"이게 뭐죠?"

"아무래도 대규모의 기술 단지를 건설 중인 만큼 그에 걸맞은 기술진을 갖추려면 여러 가지로 힘이 드실 듯해서 말입니다. 저희 정부 측에서 합당한 인재들로 일차적으로 추려본 명단입니다."

"……."

"하나같이 세계 최고라 자부할 수 있는 재원들이니만큼 이 중에서 마음에 드는 사람을 선별해서 쓰시면 크게 무리가 없을 것입니다."

"그러니까… 그 말인즉슨, 제 기술진을 이 명단 안에서 꾸려라 이 말씀입니까?"

혁준이 살짝 불쾌한 티를 내자 황급히 손을 내젓는 필립이다.

"아니, 어디까지나 편의를 봐드리는 차원이지 다른 뜻이 있는 것은 아니니 오해는 말아주십시오.”

말은 그렇게 했지만 어떻게 봐도 다른 뜻이 있어 보인다.

그런 필립을 얼마간 살피는 눈으로 보던 혁준이,

피식.

가소롭다는 듯 실소를 흘렸다.

속이 너무 빤했다.

‘이것들이 사람을 너무 호구로 보는군.’

아마도 이 명단에 있는 사람들 중 꽤 많은 수는 언제든 미국이 원하는 대로 움직일 수 있는 사람일 것이다.

이미 미국 정부 측에서 일하고 있는 사람이거나, 미국에 대한 애국심이 투철한 사람이거나, 그도 아니면 여러 가지로 약점이 많아서 언제든 쉽게 휘두를 수 있는 사람일 것이다.

미국 측의 저의야 빤했다.

혁준의 기술을 배우게 해서 미국의 기술력을 높이겠다는 것과 기가스 컴퍼니의 동태를 보다 면밀하게 감시하겠다는 것, 그리고 만일의 경우 혁준과의 관계가 틀어졌을 때 그 공백을 최소화하겠다는 뜻이다.

혁준이 미국을 완전히 믿고 있지는 않은 것처럼 그들도 또한 혁준을 완전히 믿고 있지는 않은 것이다.

‘뭐, 나쁠 거야 없지.’

이런 이해관계가 혁준으로서는 오히려 부담 없고 좋았다.

다만, 차라리 대놓고 말하면 될 것을 이렇게 어린애 다루듯 속이 빤히 보이는 짓을 한다는 게 조금 기분이 나빴다.

자신을 상대로 되면 좋고 안 되면 말고 식의 툭 찔러보는 행태도 은근 비위에 거슬렸다.

"이봐요 필립, 우리 솔직히 탁 까놓고 말하죠. 미국 측에서 앞으로 제게 요구하려는 게 어떤 것들이죠?"

"요구라니요?"

"미국 상무부에서 이미 기가스 컴퍼니를 두고 여러 가지로 의견이 나오고 있다는 거 정도는 알고 있습니다. 한국 정부와 등을 돌리면서까지 저를 도왔는데 그 대가로 미국이 저한테 바라는 게 단지 세금 하나일 리가 없잖습니까?"

"……."

"미국 측이야 저와 조금 더 가까워진 다음에 얘기를 꺼내도 꺼내려는 모양이지만, 앞에서는 웃는 얼굴을 하고는 뒤에서 재고 따지고 떠보고 하는 거 정말 짜증 나니까 지금 이 자리에서 속 시원하게 한번 말해보세요. 미국 측에서 앞으로 제가 미국을 위해 무얼 해주길 바라는 겁니까?"

"미스터 권, 그런 게 아니라……."

"제가 탁 까놓고 말하자고 했죠?"

"그게 저는 잘⋯⋯."

"상무부 장관의 보좌관이신 분이, 그것도 저를 담당해서 관리하실 분이 저를 둘러싸고 상무부에서 돌고 있는 이야기를 설마 모른다고 하시는 겁니까?"

혁준이 이렇게까지 돌직구를 던질 줄은 미처 몰랐던 필립 하비브가 곤혹스러운 얼굴을 하고는 연신 이마의 땀을 훔쳐 댄다.

그런 필립 하비브를 보며 혁준이 한층 더 강해진 어조로 말했다.

"저 그렇게 계산 흐리멍덩한 사람 아닙니다. 미국 측에 큰 도움을 받은 것이 사실이고, 그러니만큼 미국 측에서 요구하는 것을 전부는 아니더라도 합당한 선에서 수용할 용의가 있다는 말씀입니다. 하지만 그것도 어디까지나 미국 측에서 솔직하게 나왔을 때 일입니다. 뒤로 꼼수나 부리면서 저를 기만하려 든다면 미국에 대한 호의적인 제 감정이 계속 호의적일 수는 없지 않겠습니까? 그러니 제 협조를 바라는 것이 있다면 지금 이 자리에서 분명히 말씀하세요. 미리 말씀드리지만 지금 이 자리에서 나오는 것 외에는 앞으로 미국에 그 어떤 것도 협조하지 않을 겁니다."

혁준이 그렇게까지 단호하게 나오니 필립 하비브로서도 마냥 발뺌을 할 수는 없는 모양이었다.

잠시 갈등을 하는 듯했지만 혁준의 말이 결코 허투루 하는 소리가 아니란 것 정도는 알고 있는 그였다. 달리 방법이 없다는 것을 이내 깨닫고는 더는 숨기지 못하고 술술 털어놓았다.

"미스터 권이 그렇게까지 말씀을 하시니… 하지만 그전에 이건 미국의 공식적인 요구가 아니라 어디까지나 저희 상무부에서 미스터 권의 의견을 개진해 보는 차원에서 드리는 말씀이라는 점을 분명히 알아주셨으면 합니다."

"알겠으니까 말씀해 보세요."

"기가스 컴퍼니에서 지금까지 내놓은 특허 기술 중 57종이 미국의 현 군수산업에도 충분히 적용시킬 수 있다는 검토 결과가 나왔습니다. 해서, 우선 미국의 전반적인 군수산업에 관련해서 기술 자문 역할을 해주셨으면 한다는 겁니다. 물론 어디까지나 조언을 구하는 정도이니 크게 부담을 드리는 일은 없을 겁니다."

"그리고요?"

"그리고 또 하나는 기가스 컴퍼니에서 앞으로 내놓게 될 신기술들은 미국 기업에 우선 보급을 해주시면 어떻겠냐는 것입니다. 물론 상호 간에 조건들이 맞아떨어져야 하는 일이긴 하지만 그래도 우선 검토 대상으로 미국 기업을 고려해 주셨으면 좋겠습니다."

"또 있습니까?"

"마지막으로, 지금 현재 독일과 영국, 프랑스 등 여섯 곳에 기가스 컴퍼니의 지사가 나가 있는 걸로 알고 있습니다. 그 나라 기업에서 거둬들이는 로열티는 각국의 지사를 통해 그 나라에서 바로 투자가 이루어지고 있다고 하더군요. 아마도 앞으로는 더 많은 곳에 기가스 컴퍼니의 지사가 세워질 테죠."

필립 하비브의 말대로였다.

그러는 편이 자금을 보다 유용하게 운용할 수 있을 거라는 차유경의 조언에 따라 그렇게 일을 추진했었다.

당장은 여섯 곳이지만 앞으로는 전 세계로 영역을 확장해 갈 계획이었다.

"그래서요?"

"어디까지나 미스터 권의 사유재산이긴 하지만, 그래서 그걸 어떻게 사용하든 그거야 미스터 권의 자유이긴 합니다만, 그래도 가능하면 기가스 컴퍼니의 자금이 미국 내에서 돌도록 최대한 신경을 써주십사 하는 것입니다. 물론 귀사에는 조금의 손해도 없도록 세금이나 이자 등, 그에 따른 충분한 혜택을 따로 제공해 드릴 계획입니다."

대강 그 정도가 당장 미국이 혁준에게 바라는 것들이었다.

혁준으로서는 크게 거부감을 느낄 만한 내용들은 아니었다.

군수산업이야 권력과 가장 가까이에 있는 것이니 거기에 한 발 올려놓으면 미국 내에서 사업을 하는데 여러 가지로 편의를 얻을 수 있을 것이고 미국 기업에 우선 신기술을 제공하라는 것도 미국이 세계 최대의 시장이니만큼 굳이 반대할 이유가 없다.

기가스 컴퍼니의 자금을 최대한 미국 내에서 돌게끔 해 달라는 것도 마찬가지였다.

정확히 얼마라고 하지 않고 최대한이라는 단어를 써서 어디까지나 결정은 혁준의 의사에 달린 것이란 점을 강조했다. 게다가 손해가 없도록 충분한 혜택을 제공하겠다고 했으니 그 또한 기가스 컴퍼니로서는 나쁠 것이 없는 일이었다.

다시 말해 지금 필립 하비브가 말한 것들은 혁준에게도 도움이 되면 되었지 손해날 것들은 아니라는 것이다.

한국에서야 영향력이 컸지 세계적으로 보면 아직 그 존재감이 약한 기가스 컴퍼니였다. 그건 미국 내에서의 입지도 마찬가지였다. 그러니만큼 필립 하비브가 요구한 것들은 오히려 미국 내에서 기가스 컴퍼니의 입지를 다지는 데 도움이 되는 일종의 배려였고 특혜라 할 수 있었다.

그러나,

'지금이야 그렇겠지만…….'

필립 하비브의 말을 곧이곧대로 믿을 만큼 혁준은 순진하지 않았다.

지금이야 시민권만 줬을 뿐 혁준을 강제할 아무것도 마련이 되지 않은 상태였다. 혁준이 마음만 먹으면 당장에라도 미국을 떠날 수가 있는 만큼 혁준의 마음에 들 만한 말만 골라서 하고 있을 뿐이다.

하지만 혁준이 지금보다 더 깊이 미국에 뿌리를 내리고 난 다음이라면, 그래서 지금처럼 간단히는 미국을 떠날 수 없는 상태가 된다면 그때 필립 하비브가 자신에게 하게 될 말은 비슷한 말이라도 지금과는 그 어감부터가 사뭇 다르게 들릴 것이다.

그런 꼴을 당하지 않으려면 한 가지 방법밖에 없었다.

미국에 깊이 뿌리를 내리지 않는 것.

'글로벌하게 가는 거지 뭐. 어차피 한국을 떠나는 마당에 굳이 나라 같은 거에 얽매일 필요는 없잖아?'

차유경은 나라를 버리는 것이 아니라 나라를 초월하는 것이라 했다.

그만한 능력이 있고 그만한 힘이 있다.

그건 미국을 상대로도 마찬가지다.

어차피 세계를 향한, 더 큰 꿈을 향한 교두보일 뿐이다.

이해관계가 맞아떨어지는 동안 상호 간에 얻을 건 얻고 줄 건 주는, 딱 그 정도면 되는 거였다.

그렇게 결론을 내린 혁준은 건네받은 기술진 명단을 다시 필립 하비브 앞으로 내밀었다.

"기술진은 이미 우리가 따로 신별해 놓은 사람들이 있습니다. 그러니 이 명단은 필요가 없습니다. 하지만 그 외에 말씀하신 것들은 긍정적으로 검토해 보도록 하겠습니다."

그렇게 말을 하고는 이내 자리에서 일어섰다.

애초에 되면 좋고 안 되면 말고, 라는 생각으로 찔러본 것이어서 필립 하비브도 그렇게 아쉬워하는 기색은 아니었다.

『세상을 다 가져라』 4권에 계속…

내일을 향해 쏴라

김형석 장편 소설

FUSION FANTASTIC STORY

1만 시간의 법칙!
'성공은 1만 시간의 노력이 만든다' 는 뜻이다.

그러나…
사회복지학과 복학생 수.
전공 실습으로 나간 호스피스 병동에서
미지와 조우하다.

1만 시간의 법칙?
아니, 1분의 법칙!

전무후무한 능력이 수에게 강림하다!
맨주먹 하나로 시작한 수의
인생역전이 시작된다!

Book Publishing CHUNGEORAM

흥행이 아닌 작가추구 ─
WWW.chungeoram.com

즐거운
인생

미더라 장편 소설

FUSION FANTASTIC STORY

A Bittersweet Life

삶의 의욕을 모두 잃은 주혁.
어느 날 녹이 슨 금속 상자를 얻는데…….

"분명 어제도 3월 6일이었는데?"

동전을 넣고 당기면 나온 숫자만큼 하루가 반복된다!

포기했던 배우의 꿈을 향해 다시금 시작된 발돋움.
눈앞에 펼쳐진 새로운 미래.

과연 그는 목표를 이루고
인생을 바꿀 수 있을 것인가!

Book Publishing CHUNGEORAM

유행이 아닌 자유추구 -
WWW. chungeoram.com

네르가시아 장편 소설

FUSION FANTASTIC STORY

THE MODERN MAGICAL SCHOLAR

현대 마도학자

나르서스 제국의 전쟁영웅이자
마나코어를 개발한 천재 마도학자 카미엘!

그러나 제국의 부흥을 위한 재물이 되어
숙청당하는데……

『현대 마도학자』

죽음 끝에 주어진 또 다른 삶.
그러나 그에게 남겨진 것은 작은 고물상이 전부였다.

더 이상의 밑은 없다!
마도학자의 현대 성공기가 시작된다!

Book Publishing CHUNGEORAM

움직이너니 자유추구 -
WWW.chungeoram.com

강준현 장편 소설

FUSION FANTASTIC STORY

개척자

Pioneer

『복수의 길』의 강준현 작가가 선보이는
2015년 특급 신작!

글로벌 기업의 총수, 준영.
갑자기 찾아온 몽유병과 알 수 없는 상황들.

"…누구냐, 넌?"
혼돈 속에서 순식간에 바뀐 그의 모든 일상.
조각 같던 몸도, 엄청난 돈도, 뛰어난 머리도 모두, 사라졌다!

스스로도 알 수 없는 낯선 대한민국의 밑바닥부터
다시 시작해야 하는 준영.

"젠장! 그래, 이렇게 산다!
대신 나중에 바꾸자고 하면 절대 안 바꿔!"

그는 과연 이 상황을 극복하고 자신의 운명을
새롭게 개척해 나갈 수 있을 것인가!

Book Publishing CHUNGEORAM

유행이 아닌 자유추구
WWW. chungeoram.com

글삶 장편 소설
FUSION FANTASTIC STORY

세상을 다 가져라

[세상을 다 가져라]

문피아 선호작 베스트 작품 전격 출간!
현대판타지, 그 상상력의 한계를 넘어서다!

권고사직을 당한 지 2년째의 백수 권혁준.

우연히 타게 된 괴상한 발명품으로 인해
과거로 회귀한다!

그런데
과거로 온 혁준의 손에 들려 있는 것은 바로
최신형 스마트폰!

"까짓 세상, 죄다 가져 버리겠다 이거야!"

백수였던 혁준의 짜릿한 인생 역전이 시작된다!

Book Publishing CHUNGEORAM

유행이 아닌 자유추구 -
WWW.chungeoram.com

북검전기